우리집 오선지

국립중앙도서관 출판시도서목록(CIP)

우리 집 오선지 : 강연홍 수필집 / 지은이: 강연홍. -- 서울
 : 선우미디어, 2014
      p. ;   cm

ISBN 978-89-5658-364-8 03810 : ₩12000

한국 현대 수필[韓國現代隨筆]

814.7-KDC5
895.745-DDC21   CIP2014004250

우리집 오선지

2014년 2월 15일 1판 1쇄 발행

지은이·**강연홍** | 발행인·**이선우**
펴낸곳·도서출판 **선우미디어**
등록 | 1997. 8. 7 제300-1997-148호
110-070 서울시 종로구 새문안로3길, 36 (내수동 용비어천가) 1435호
☎ 2272-3351, 3352 팩스: 2272-5540 sunwoome@hanmail.net
Printed in Korea ⓒ 2014 강연홍

값 12,000원

ISBN 89-5658-364-8 03810

우리집
오선지

강연홍 수필집

선우미디어 sunwoomedia

첫 수필집을 내면서

원고를 출판사로 보내고 며칠 동안 음악만 들었습니다. 십여 년 붙들고 있던 글들을 떠내 보낸 홀가분함보다는 덜 익은 글을 세상에 내놓았다는 게 불안해서였습니다. 그런데 음악은 놀랍게도 부끄럽고 허전한 마음을 안정시켜주었습니다. 그만큼 나에게 음악은 수필이었고 위안이었습니다.

한때는 글쓰기보다 노래에 전념했더라면 내 인생이 좀 더 즐거운 쪽으로 바뀌지 않았을까 했던 적도 있었습니다. 하지만 지금은 글 쓰는 일이 한결 좋습니다. 노래가 풀어주지 못하는 답답함까지 글은 따뜻하게 받아주었고 고향처럼 품어주었기 때문이지요. 수필은 진정한 동행자였습니다. 한 번도 내 손을 놓은 적이 없었고 속상한 날도 기쁜 날도 함께했습니다.

글과 저에게 조언을 아끼지 않은 분들께 진 빚을 갚기에는 턱없이 부족하지만 조금이라도 보답하려는 마음에서 첫 번째 책을 엮어 내놓습니다. 영원히 묻어둘까도 했던 글이라 여러 번 닦았으나 빛이 나지 않네요. 그러나 글로부터 받은 사랑과 행복은 고스란히 배어 있으니 사랑의 눈길로 읽어주시면 고맙겠습니다.

　등단한 지 17년이 되어서야 겨우 화초와 잡초를 구분하게 되었으니 앞으로 더욱 깊이 있고 넓은 마음으로 수필에 다가가렵니다. 때로는 글쓰기가 모래언덕을 올라가는 것 같아 주저앉고도 싶었으나 나의 이러한 심정을 말없이 바라봐준 남편과 내 아이들이 있었기에 일어설 수 있었습니다.

　그림을 이 책에 넣어 글을 빛나게 해주신 고 한풍렬 교수님과 사모님께 감사의 인사를 드립니다. 분에 넘치는 서평을 써주신 정목일 한국수필가협회 이사장님 고맙습니다. 또 저를 사랑해 주시는 '한국수필작가회' 회원과 문우들, 격려의 말씀으로 용기를 주신 분들 감사합니다. 심혈을 기울여 번역을 해주신 우계숙 선생님과 조혜랑, 이 책을 예쁘게 만들어주신 선우미디어 사장님, 잊지 않겠습니다.

2014년 정월에

강연홍

차례

제 1 부

우리 집 오선지

분홍신이 춤과 사랑의 정령이듯, 우리 가족 신발은 음악과 사랑의 정령이었으면 한다. '도미파솔도'가 각기 다른 음이지만 하모니를 이룰 때는 아름다운 음악이 되듯이, 우리 가정에도 은은한 화음이 이루어지면 행복하겠다.

우리 집 오선지

아침 일찍 남편이 헌 구두를 내어놓으라고 한다. 며칠 전 제자의 결혼식 주례를 할 때부터 신고 다니던 새 구두가 불편했나 보다. 헌 구두의 접혀 있는 부분이 남편과 내 이마의 주름살과 겹쳐지자 좀 서글펐다.

어렸을 때는 아버지의 구두를 닦았었는데, 결혼 후에는 남편의 구두를 아침마다 닦고 있다. 아버지도 국악을 즐기면서 일제에 항거하는 노래를 부르곤 하셨다. 나도 아버지를 닮았는지 아무 때나 콧노래가 나온다. 구두를 닦을 때도 다르지 않다.

하루는 구두를 닦는데 내가 신었던 신발에 담긴 추억들이 바로 음악임을 알게 되었다. 초등학교 운동회 때 신었던 하얀 운동화는 '따따 따따딴' 꼭두각시 춤곡으로 발걸음이 가벼웠다. 결혼 후 양가 부모님이 돌아가셨을 때는 흰 고무신을 신었는데, 한(恨)이 서린 상두꾼의 향두가(香頭歌)처럼 지금도 슬픔으로 남아 있다.

세 번의 산고(産苦)를 치르면서 '어머니같이 푸른 숲 그늘에 쉬고 싶네'의 가사에 담긴 헨델의 성악곡 「라르고」처럼 내 인생도 안일한 쪽으로 느리게 가고 있었다.

아이들이 어렸을 때는 단화나 슬리퍼가 편했다. 슬리퍼를 신고 다니다 보면 집안에서는 양말을 신지 않는 경우가 있다. 맨발로 다닐 때는 원시적(原始的)인 향수마저 불러낸다. 우리 옛 조상인 원시인들도 그렇게 다니지 않았는가.

야외에서 맨발에 닿는 흙과 잔디의 감촉은 푹신하여 베토벤의 「전원」교향곡을 연상하게 한다. 내가 숲의 요정이라도 된 착각을 한다.

수십 년 전에 보아서 희미하지만 「분홍신」이란 영화가 떠오른다. 한 구두공이 발레리나를 위해 혼신을 다해 만든 분홍색 토우슈즈를 신고 무희는 신발이 이끄는 대로 춤을 추어 성황리에 공연을 마친다. 공연 후에 공작과 결혼하기로 했으나, 춤이 멈추지 않아 신발은 숲속으로 무희를 데려간다. 불행하게도 무희는 절벽 아래로 나비처럼 떨어진다. 분홍신은 춤과 사랑의 정령(精靈)이었던 것이다.

차이코프스키의 발레 음악 「백조의 호수」는 분홍신 영화의 배경 음악이었다. 오보에와 현의 음을 뒷받침한 오케스트라의 음향은 화려하면서도 아련한 슬픔으로 몰고 간다. 제2악장의 왈츠 곡은 분홍신을 신고 미끄러지듯 춤을 추던 무희가 연상된다. 내가 분홍신을 신은 무희가 된 듯은 하나 신어 보지 못해 아쉽다.

커다란 구두를 꿈에 보면 자신보다 큰 그릇의 위인을 만나고,

작은 구두를 보면 그릇이 작은 인물을 만난다고 한다. 신발을 살 때 디자인이 멋있어도 발에 꼭 맞는 건 드물다. 신고 다니면서 발에 익숙해지는 것처럼 부부도 상대에게 길들여지며 사는 것이라 하겠다. 또 상처를 입히기도 하는데, 그걸 아물게 하는 특효약은 믿음과 배려뿐이다.

오선지 위에 식구들의 신발을 늘어놓는다면 어느 위치에서 어떤 음악을 연출할까. 남편의 구두는 그의 강하고 부지런한 성격으로 보아 으뜸음인 '높은 도'에 있는데 아이들과 정답게 지내도록 '가온 다(중앙 '도')'로 옮겼으면 한다.

남편의 발소리는 빨라서 뚜렷한 선율선을 지닌 피콜로와 같은데 장중한 첼로로 바꿨으면 한다. 음악으로 비유할 때 로시니의 오페라 「세빌리아의 이발사」 서곡에서, 발랄하고 따뜻한 바흐의 「무반주 첼로조곡」 쯤으로 옮긴다면 한층 다정스럽겠다.

내 신발은 중심음인 '가온 다'에서, 내가 부족한 면이 많으니, '높은 도'로 옮겨 진취성 있는 현명한 주부가 되고 싶다.

집안일을 할 때 끙끙대는 내 신발소리는 넓은 음색을 가진 첼로의 소리 같은데, 아이들도 컸으니 비올라처럼 가벼워졌으면 한다. 음악을 통해 희로애락을 느끼며 좌절도 낭만으로 승화시킨 프랑스 생상스(Camille Saint-Sans)가 작곡한 「백조」 처럼.

첫딸의 신발은 '솔'이 되겠다. '솔'은 높은음자리표가 시작되는 음이니, 동생들을 이끌 책임도 있고 심지가 굳은 첫딸과 같다.

굽이 높고 앞에 각이 진 첫딸의 구두는 늘 반짝거린다. 첫딸의 활기찬 발소리는 순발력이 있는 플루트(flute)의 소리와 비슷하다.

그 소리는 '그리그'의 극음악 「페르퀸트」에서 제1조곡의 서두에, 아침을 노래한 플루트의 맑은 선율과도 같다.

끝에 딸의 신발은 식구들 중간에서 애교와 번뜩이는 지혜로 해결사 노릇을 하고 있으니 '파'의 자리가 적당하다. 눈 위를 걸을 때 뽀드득 소리가 날 만큼 콩콩 뛰는 걸 보면 신발은 작고 예쁘다. 높고 가냘픈 바이올린 소리로 들린다. 까만 샌들을 신고 또각또각 걷는 작은딸의 뒷모습에서는 멘델스존의 「봄노래」에 담긴 경쾌함이 넘쳐난다.

막내아들의 운동화는 안정감이 있는 '미'에 놓아두자. 아들의 '미'와 작은딸의 '파'는 반음(半音)이어서 마찰이 잦으나 신세대끼리 통하므로 '미'와 '파'에 놓았다. 녀석의 힘찬 발소리는 로맨틱하고 호쾌한 표현을 하는 쇼팽의 피아노곡인 「폴로네즈」무곡에 어울린다.

분홍신이 춤과 사랑의 정령이듯, 우리 가족 신발은 음악과 사랑의 정령이었으면 한다. '도미파솔도'가 각기 다른 음이지만 하모니를 이룰 때는 아름다운 음악이 되듯이, 우리 가정에도 은은한 화음이 이루어지면 행복하겠다.

이러한 오선지 위에 놓인 악보로 연주하는 곡이 우리 집을 화목하게 하는 멋진 교향악이 된다면 무엇을 더 바라겠는가.

(1998년)

오선지 위에 식구들의 신발을 늘어놓는다면 어느 위치에서 어떤 음악을 연출할까. 남편의 구두는 그의 강하고 부지런한 성격으로 보아 으뜸음인 '높은 도'에 있는데 아이들과 정답게 지내도록 '가온 다'로 옮겼으면 한다.

합창(合唱)

나는 어려서부터 틈만 나면 노래를 했다. 설거지를 하거나 청소를 하며 흥얼흥얼하면 지루함이 사라진다. 슬플 때도 큰소리로 부르고 나면 답답함도 사라지고 온몸이 가벼워진다. 조용히 가사를 읊조리는 때도 있지만, 장소에 따라서는 힘차게 부르기도 한다.

갓 결혼을 해서 고부 사이가 서먹할 때이다. 무슨 잘못을 했는지 불같은 시어머니로부터 꾸중을 들었다. 분위기를 바꿔보려고 속으로 성가(聖歌) 한 곡을 부르고 나니 거짓말처럼 어머님의 노여움이 풀어지신 화색으로 돌아왔다. 그 후로 자녀와 언짢은 일이 있을 때마다 그 방법을 써보는데 효력이 있어서 그게 습관이 되었다.

새벽부터 밤중까지 내가 부르는 노래는 수없이 많다. 사람들과 이야기를 하면서도 머릿속에는 리듬이 흐른다. 속으로 불러도 기도가 되고 버팀목이 되어준다. 성당에서 일주일에 한 번 있는 합창 연습에 다녀오면 그 한 주간은 복습에 열중한다.

어렸을 때는 독창만을 원했다. 나만 칭찬을 받으면 스타가 되는 게 아닌가 하는 소견에서였다. 악보에 있는 원래의 음에 가까운 음을 절대음이라고 하는데 그 절대음을 뽐내고자 했던 것이다. 합창 도중에 절대음을 못 내고 간혹 틀린 음을 들으면 신경이 날카로웠다.

초등학교에 다닐 때는 방송국 합창단원이었다. 중간에 가끔 독창이 나오는데 내 차지가 되기를 바랐으니 공주도 아니면서 단단히 공주병에 걸려 있었다.

5학년 때던가. 도(道) 내의 성악콩쿠르대회가 열렸다. 결선까지 갔는데 남자아이와 둘이 남았다. 곱살하게 생긴 얼굴처럼 노래도 곧잘 했는데, 높은음이 완벽했던 그 애 때문에 내가 떨어질지도 모른다는 불안감에 조마조마했다.

뜻밖에도 대상은 나에게 돌아왔다. 나는 대상을 받은 기쁨보다 그 아이가 받았을 충격에 더 신경이 쓰였다. 상을 나눠가질 수 있는 거라면 그리하고 싶었다.

중학교 면접시험을 볼 때는 특기란에 '성악'이라고 주저 없이 썼다. 연습은 못했으나 점수를 올리겠다는 욕심이 생겼다. 장학생을 뽑는데 면접이 중요하다는 것이다. 면접시험을 보러 갔다. 잔뜩 긴장한 탓에 첫 소절은 쉰 목소리였으나 셋째마디 높은 음에 가서야 겨우 목이 트였다. 면접시험에서 떨리고 당황했던 기억은 잊히지 않는다.

나이가 들면서 독창과 멀어졌다. 성악을 전공하지 않아 독창을 계속한다는 건 무리라서 여럿이 어울리며 하는 합창을 선택했다.

남편과 미국에 갔을 때도 예일대학 직원 합창단에 들어갔다. 지휘자는 슬라브족 특유의 분위기가 있는 러시아인인데 꽤 섬세 했다. 발음하기가 까다로웠으나 서정적 선율에 매료되어 러시아 노래도 배웠다. 피부색이 달라도 쉽게 친해질 수 있었던 원인은 국경을 초월하여 음악을 좋아해서였다고 본다. 만일 독창을 했더 라면 그들과 속내를 터놓는 친구가 되지 못했을 테니 말이다.

합창 중간에 독창이 필요할 때가 있다. 큰 발표회 때는 유명한 성악가를 따로 부르지만, 보통은 단원 중에서 뽑는다. 서로 뽑히 려고 안달인데 그 행운이 내 차지가 되기도 했다. 어떤 이는 솔리 스트(Solist)로 뽑히지 않았다고 악보를 이마에 대고 울기도 했다.

몇 년 전 많이 아파서 한참을 쉬다가 합창단에 나간 날이었다. 그 자리에 계속하여 앉을 수 있을지 불안했는데 막상 서고 보니 건강할 때 부르던 노래와는 달리 착잡했다. 더구나 곡의 제목이 '송년의 밤'이어서 한해를 보내는 서운함에 눈물이 왈칵 쏟아졌다. 그때, 나의 귀에 같은 노랫말로 어우러진 다른 이들의 합창이 들 려왔다.

아픔 뒤에 내 가치관도 변하는지 독창보다는 합창이 좋아졌다. 합창 중간에 나오는 솔리스트로 뽑히지 않아도 그 후로는 담담해 질 수 있었다.

잃는 게 있으면 얻는 것도 있다더니 아프고 나서 사람도 그리워 졌다. 나라는 존재가 저절로 우뚝 세워진 게 아님을 깨달았다. 나를 길러주신 부모님, 남편과 아이들, 형제들과 친구에 의해 제 자리에 설 수 있음도 알게 되었다. 나를 뽐내려고 독창을 고집했던 게 부끄러웠다. 이웃을 바라보는 눈도 달라졌고 그들의 아픔도 나누어 가지려고 노력했다. 자연의 소리를 본떠서 만들었을 합창을 통해 자연과도 교감하려고 한다.

『삼국유사』의 「수로부인」 편에 '중구삭금(衆口鑠金), 즉 여러 사람의 입은 쇠를 녹인다.'라는 말이 있다. 용에게 잡혀간 수로부인을 구하려고 노래를 지어 여럿이 불렀더니 용이 부인을 되돌려 주었다는 줄거리이다. 이렇듯이 고대의 합창은 주술적(呪術的)인 면이 있다. 삼한시대에도 여럿이 노래를 했다고 기록되어 있다. 우리 조상도 합창을 즐긴 듯하다.

오래 합창을 해오다 보니 그 맛을 알 것 같다. 합창은 남의 소리에 귀 기울여야 한다. 혼자서 고운 음성을 내도 소용이 없다. 두드러지지 말아야만 한다. 이는 사회나 가정 안에서 질서를 이룸과 같다. 큰 테두리 안의 조화는 아름답다. 합창은 화음으로 이루어지는 예술이다. 현대인들이 합창을 자주 하게 되면 개인주의도 바뀌지 않을까.

깨를 볶을 때, 물에 약간 젖어 있으면 알갱이가 튀는데 물에 젖어 있지 않아도 튀는 게 있다. 합창할 때 튀는 사람을 보면 그 광경이 떠올라 웃음이 나온다.

음표의 피아니시모(pp.아주 여리게) 부분에서도 소리의 핵은 가지고 있어야 한다. 사회나 가정에서 작은 소리에 무심하면 안 되는 것과 같다. 핵을 가진 하나의 음을 소중히 여기는 너그러움에 합창의 참 멋이 있는지도 모른다.

여럿이 여린 음을 내면 아주 여리게 느껴지고, 센 음을 내면 더 세게 전해진다. 남의 소리를 들으며 나의 소리도 병행하여 내는 인품을 지니고 싶다. 합창의 맛과 멋을 내 생활 속에도 넣을 수 있다면 얼마나 좋겠는가.

(1997년)

등잔불

비에 씻긴 나뭇잎들이 아침 햇살에 눈부시다. 주목에서 돋은 연초록 새순이 꽃처럼 예쁘다. 나는 이 연둣빛이 있고 꽃을 달아줄 어버이가 계셔서 오월을 기다렸다. 그런데 내 아이들로부터 카네이션을 받고 보니 꽃을 달아줄 어머니가 계시지 않다는 게 쓸쓸하다.

아이들이 초등학교 다닐 때는 어린이날에 맞추어 운동회가 열렸다. 나는 손자들의 재롱을 낙으로 삼는 시어머니를 부축하여 운동장으로 모셔가곤 했다. 고싸움을 할 때 손자가 맨 꼭대기에 서 있으면 큰소리로 응원을 하셨다. 그 순간만은 육신의 괴로움도 잊으신 듯했다.

사진을 찍고 맛있게 점심을 드신 후에는 으레 당신 아들이 초등학교 다닐 때의 추억을 꺼내신다. 마라톤대회가 열렸다고 한다. 초등부의 일등상품은 여자 고무신이었는데 아들은 어머니께 고무신을 드리겠다는 일념으로 온힘을 다해 달려서 1등을 했다. 아들로부터 고무신을 받으신 어머니는 기뻐하시기는커녕 불호령과 함께 회초리 벌까지 내렸다고 한다. 어머니인들 어찌 자식의 효심에 감동하지 않으셨을까. 훗날에야 아들은 다른 곳에 한눈팔지 말고 공부에만 전념하라는 뜻을 깨달았다고 한다.

어머니는 엄격하셨다. 겨울밤에 겉옷을 벗겨 대문 밖에 아들을 세워놓고 잘못을 했을 때는 즉시 반성하도록 했다. 새벽까지 공부하는 아들 곁에서 바느질을 하셨는데, 그때 쓰시던 등잔을 결혼한 나에게 가보처럼 물려주셨다. 아들을 공부시킨 등잔이어서 없애기 아까웠다고 하신다. 남편도 가끔 아이들에게 등잔불 아래서 공부한 경험을 들려주었다.

반닫이 안에는 새 버선이 그득하건만, 늘 기운 버선을 신고 다니셨다. 남을 도우려면 아껴야 한다고 검약(儉約)이 배어서 당신을 위한 호사를 마다하셨다.

탈상을 한 후에도 남편은 서재에 어머니 영정을 모시고 아침마다 문안을 드렸다. 사진 앞에 무릎을 꿇고 긴 시간 있을 때는 직장에서 힘든 일이 있거나 지쳐 있을 때이다. 어머니가 그리울 때는 눈물이 난다고 했다.

왜 아니 그렇겠는가. 어머님은 관절염이 심해지자 밖에 나가지를 못했지만, 곁에 가서 들어보면 입술을 오물거리며, '내 아들 잘되게 해주시고, 이 목숨 오래 살게 해주십시오.'를 반복하셨다. 어머니의 눈은 젖어 있었고 아들에게 보내는 기도와 생의 미련은 들을 수 없을 만큼 처절했다. 의식이 흐려진 뒤에도 아들을 불러,

들어오고 나감을 확인하셨다.

남편은 자신에게 희생하신 모정이 사무쳐 영정을 모셔 기리고 있다고 본다. 괴롭거나 갈등이 있을 때 영정 앞에서 의논하고 고마움의 눈물을 흘리는 효심도 어머니의 정이 끈끈하게 내려오고 있어서일 것이다.

어머니의 소원대로 남편은 의과대학을 졸업하고 의대에 남아 훈장이 되었다. 동기 중에서 유일하게 대학에 남아 연구하고 강의를 하는 남편은 자기가 택한 길이 외로운 길임을 모를 리가 없는데 어머님의 뜻을 받든 셈이다.

그가 임상의사가 되지 않는 데에는 일화가 있다. 어머니가 친척이 입원한 대학병원에 병문안을 가셨다고 한다. 병실 바로 옆 소아과 병동에서 환자의 보호자가 의사에게 고함치며 삿대질하는 광경을 목격하게 되었다. 왜소해 보이는 의사가 당황해 하는 것을 보고 놀라서 절대로 환자를 직접 치료하는 의사는 되지 말라고 하셨다고 한다.

효성이 극진했던 아들은 그 말씀에 순종하여 기초의학 교수가 되어 대학에 남았다. 기왕에 연구를 하려면 노벨상을 받는 게 꿈이라던 그는 노벨상을 받지는 못했으나 미국 예일대학(Yale Univ) 교수와 함께 명성이 있는 의학전문잡지에 두 편의 논문을 실었다. 그 논문을 어머니 영정 앞에 놓고 절하는 남편을 보니 코끝이 아려왔다. 잠을 줄여가면서 커피를 쏟으며 연구한 대가지만, 그것은 어머님의 훌륭한 가르침이 있어서라고 본다.

어머님이 가신 지 십여 년이 넘었건만, 정신 속에 기둥은 여전히 등잔불 같은 밝힘이다. 그러한 등불이 있었기에 아이들도 반듯하게 자랐다고 믿는다. 돌아오는 어머님의 제삿날에는 촛불 대신 등잔불을 켜야겠다.

(1997년)

환상가출(幻想家出)

딸애와 가곡 「대관령」을 배우고 있다. 악보 상으로는 감흥이 나지 않았는데 불러보니 나를 위로하는 듯한 가사에 인생의 깊이가 짙게 담겨 있었다.

가사 마지막은 '… 대관령 굽이굽이는 내 인생 보슬비 맞으면서 나그네가 되라네.' 인데 그 대목에서 그만 목이 메었다. 인간이란 본래 나그네와 같다지만 처량하게 보슬비를 맞으며 나그네처럼 살라는 대목에 가서는 공감의 슬픔이 울컥 안겨왔던 것이다.

젊은 날 겪은 시집살이지만 시어머니와 갈등이 심할 때 남편은 무조건 어머니 편만 들었다. 온갖 고생을 하며 아들을 성공하게 한 어머니의 뜻 하나 제대로 받들지 못한다고 핀잔을 주었고, 아예 나의 분한 설명은 들으려고도 하지 않았다. 내가 만무방한 사람도 아닌데 '가만히 있으면 중간이라도 가지.'라며 말을 꺼내지 못하도록 쐐기를 박았다.

자존심이 상했다. 동창모임에도 나가지 않았고 외출도 자제했다. 친구들에게 답답한 속사정을 털어낼까 하다가도 누가 말전주하여 그 말에 살이 붙어 돌아올 게 겁도 났고, 내 얼굴에 침 뱉는 일은 하기가 싫었다.

어머니를 불시에 찾아오는 손님이 많아 밥상은 늘 준비하고 있었어도, 집에서 직장이 멀지 않은 남편은 연락도 없이 툭하면 손님을 데리고 왔다. 일 속에 파묻혀 사느라 잠잘 시간도 턱없이 모자라던 때였다. 그런데도 낮에 어머니께 야단맞은 날은 속이 상해 더 잠을 잘 수 없었다. 뒤꼍에서 줄넘기라도 하고 나면 체중이 내려갈 듯한데 한밤중이라 참으려니 고역이었다. 잠이 든 남편이 깰까 봐 바스락거리지도 못하고 그대로 누워 잠을 이루지 못하는 나는 등이 쑤셔서 다음날은 일어나기조차 괴로웠다.

소년원 같은 곳의 문제아들은 첫 가출시기가 초등학교 4학년에서 6학년이라지만, 보통의 아이들에게는 중학교 1학년이나 2학년 때라고 한다. 하필 내가 힘들어할 때 딸들이 그 시기였다. 엄마가 돼서 속상하다고 밖으로 돌면 아이들도 그리 될까 봐 내색도 못하고 꾹꾹 참아야 했다.

밤이면 식구들이 잠들기를 기다렸다가 살그머니 마루로 나갔다. 책을 읽으려고 해도 불을 켜면 어머니가 깨실지 몰라 조바심하며 움츠리고 앉아 있자니 친정어머니도 생각나고 신세타령이 절로 나왔다. 그럴 때 나를 다독이고 위로해줄 수 있는 건 기도밖에 없었다. 숨죽여 울면서 입속으로 웅얼거리듯 기도에 음을 붙여 성가를 불렀다. 신음하듯 불렀어도 성가는 위안을 주어 방으로 들어가 잠을 청할 수 있었다.

아침에는 전날의 일은 없었던 듯 행동하였다. 착한 며느리라고 칭찬해주시는데 그만한 일로 친정에라도 간다면 참아온 게 허사가 된다는 게 싫어 야무진 말대꾸 한마디 하지 않았다. 그 무렵 찾아낸 게 노래로 하는 환상가출이었다.

초등학교 5학년 때는 진짜로 가출을 하려고 했다. 도시에서 전학을 간 시골학교에 경주라는 친구가 있었는데, 나를 우격다짐으로 자기편에 집어넣어도 무서워 말도 못했다. 대장 노릇 하는 경주에게서 벗어나는 게 소원이었다.

헤겔에 의하면 '인간은 본성적 욕망, 혹은 사회적 요인에 의해서 영향을 받지 않고 자신이 원하는 무엇인가를 선택할 수 있을 때, 참으로 자유롭다.'라고 했다. 현실의 구속에서 벗어나려는 건 만인의 기본 소망일 것이다. 물론 미래의 역사에 맞도록 한 예견은 아니지만, 그는 다른 이가 나를 간섭하지 않고 나도 간섭하지 않음을 자유로 보았다.

요즘 나의 화두는 '가출(家出)'이다. 고3 학생이 가출하게 된 배경과 어른과의 관계를 주제로 리포트를 작성하는데 새롭게 배우는 노래의 가사에 나오는 '나그네'가 그 남학생과 묘하게 겹쳐져 나를 침울하게 했다.

가벼운 우울증을 앓는 어머니와 강압이 심한 아버지 틈에서 갈등을 겪었던 고3 남학생의 딱한 사연이다. 공부해라, TV 보지 마라, 오락을 하지 말라는 충고와 머리 모양이나 옷차림을 전혀 이해 못 하는 부모의 간섭에서 헤어나려고 했단다. 어느 날 고집을 부린다고 뺨을 맞는 순간 부아가 나서 모아둔 돈을 가지고 가출했다고 한다. 유흥가를 돌며 폭력집단에서 패싸움도 하고 여자친구도 사귀었으며 오토바이 폭주족이 되었다. 속력을 맛보려고 자다가도 벌떡 일어나 뛰쳐나가곤 했으나 무면허였으므로 언제 경찰에 걸릴지 항상 불안하였다.

학생은 그가 감당하기 버거운 문제가 있었고 그걸 자제하지 못하고 나갔지만 종당엔 스스로 깨달았다. 나가보니 사회에서 바라보는 시선이 차가웠다고 한다. 어쨌거나 학생은 부모의 잔소리와 채찍질이 사랑의 매였음을 확인했다. 고3쯤 되면 혈육의 소중함을 알 텐데 기어이 뛰쳐나갔던 남학생이 남의 자식 같지가 않았다.

내가 쓰고 있는 리포트를 본 아들이 '저도 고교 시절에 한두 번 집을 나가려고 했던 걸 참았어요.' 하는데 깜짝 놀랐다. '너도 혹시 환상가출을 아니?' '해본 경험이 있느냐?'고 물었다. 아들은 한 술 더 떠서 '환상탈출'을 시도했었다고 한다. 내가 사춘기에 접어든 아들을 학업으로 몰아서 기대에 못 미치자 일시적인 반항을 했었나 보다. 지나고 나서야 내 기준에 맞추어 아이들을 키운 게 아닌지 자문해 보게 되었고 아들의 의견대로 훨훨 날 수 있도록 해주지 못한 걸 미안해하고 있다.

다른 애들도 사춘기에 접어들면 한 번씩 가출의 유혹에 빠졌다가 나온다고 했다. 신체에 나타나는 급격한 변화에 반비례하는 학교 공부가 답답해서가 아닐는지. 그럴 때 곁에서 진심으로 이해해주고 이끌어줄 한 명의 조언자만 있어도 가출은 피할 수 있으리라.

지금도 나는 쉬지 않고 일하여 지친 날이면 속이 터질 듯하여 무작정 집을 나서곤 한다. 잠깐이나마 뒷산이라도 올라 피톤치드를 마시고 나면 온몸이 가벼워지기 때문이다.

때로는 가출(家出)을 떠올리는데 나는 가상탈출(假想脫出)과 환상가출을 연상한다. 하루에도 몇 번씩 그 가상탈출의 출구를 음악에서 찾는다. 성가를 낮추어 부르거나 허밍으로, 혹은 큰소리로 부른다. 그것으로도 시원하지 않으면 산과 들을 돌아다니는 상상을 한다. 주방에 붙여놓은 바다 사진을 보며 파도에 휩쓸려 떠내려가는 나를 그려보며 환상가출을 하기도 한다. 만일 나에게 노래가 없었다면 실제로 가출했을지도 모른다.

늘 같은 생활의 반복을 지루해 하는 건 인간이 지닌 욕망이고 나아진 환경에 접하여 변화 또는 발전하려는 욕구이다.

실은 걱정이 없어 보이는 내 친구도 가상탈출을 경험했다고 한다. 만사(萬事)가 귀찮아지는 날, 영화의 남자 주인공 사진을 붙여놓고 열애를 하고 나면 속이 후련해진단다. 감당할 수 없는 스트레스가 쌓였을 때 그 상태에 머문다는 건 슬기롭지 못하다. 그 상황에서 탈피하는 것도 지혜인데 여의치 않으면 가상탈출이라도 하라고 권한다.

비행기를 만든 발단도 날기 위한 욕망과 갑갑한 현실에서 탈피하여 높은 세계로 가려는 간절함에서 비롯되지 않았을까. 무속인들도 자유로이 날고 스트레스를 풀려고 모둠발로 뛰는지도 모른다. 여행도 일상에서 해방되고자 떠나는 행위이기에 가출이라고 볼 수 있겠다. 여행을 하고 돌아오면 가족과 집의 소중함을 깨닫게 되니 그도 필요하다고 본다.

이렇듯 보이지는 않으나 얽매는 일들이 있어서 가출할 요소가 곳곳에 도사려 있다. 환상가출로 끝내고 내 위치로 돌아오는 데에는 진정제 역할을 해준 음악의 공이 크다고 보겠다.

다시 대관령 가곡 "나그네가 되라네"를 부르며 나는 청소를 하고 있다. 이상의 소설 『날개』의 마지막 부분에서처럼 "나는 걷던 걸음을 멈추고 그리고 어디 한 번 이렇게 외쳐보고 싶었다. 날개야 다시 돋아라. 날자. 날자. 한 번만 더 날자꾸나."라고 절규했던 주인공의 음성이 들리는 듯하다.

(2005년)

의자 같은 여자

교통사고를 당한 남편이 석 달 만에 퇴원을 했다. 거실에 들어서자마자 긴 의자가 보이지 않는다며 두리번거렸다. 낡아서 버렸다는 말이 떨어지기도 전에 '피곤할 때 앉거나 누우면 편했는데 왜 한마디 의논도 없이 버렸느냐'며 언성을 높여 화를 냈다. '한마디 상의 없음'이 화근이었다.

나는 남편이 고물의자를 그 정도로 아끼는지도 몰랐지만, 그냥 넘어가지는 않을 거라고 각오했던 터라 변명하려 들지 않았다. 통원치료를 받아야 하는데, 사고 후유증이 도지면 안 되니까 겁이 나서 참기로 했다.

이번에 남편과 내가 받은 충격은 엄청났다. 대형 사고를 처음 당한데다 남편이 중환자실에서 사흘이나 의식을 찾지 못할 때는 하늘이 무너진다는 게 어떤 막막함인지 실감했다.

하루는 병원에서 뜬눈으로 보내고 옷을 갈아입으려고 집으로와 현관에 들어서는데 남편이 늘 앉아 있던 그 의자가 갑자기 추레해 보였고, 불길하다 못해 무서웠다. 중환자실에 누워 있는 남편의 망가진 모습으로 비춰졌다. 밤낮없이 병원과 집, 성당을 오가며 간호하느라 지쳐 있는 내 몰골이었다.

어디에서 용기와 힘이 솟았는지 아들을 설득시켜 대문 밖으로 끌어내고야 말았다. 내 몫으로 온 숙명이야 거역할 수 없겠지만, 지금껏 내색할 수 없었던 답답함과 갈등의 사슬을 그런 식으로라도 풀어내야 살 것 같았다. 나만의 참을성으로는 감당할 수 없을 정도로 소용돌이치는 못된 성질을 가라앉히는 방법으로 우선 의자의 버림을 택했다.

인조가죽이라 찢어졌기도 하고 팔걸이마저 군데군데 긁혀 상처투성이다. 아이들이 어렸을 때부터 사용했으니 뛰어놀고 배설하고 무엇으로 만들었다고 해도 부지하기 어려운 세월이 아닌가. 지저분하여 헝겊으로 만들어 씌웠는데도 지퍼가 고장 나도록 20년을 썼으니 버려도 아깝지 않은 퇴물이었다. 옛날 방석이라 무거워 커버를 빨고 씌울 때는 힘에 부쳤다.

남편에게 일어난 사고가 그와 관련된 건 아닌데도 의자를 볼 때마다 남편이 고통스러워하는 표정으로 다가왔다. 고장 난 지퍼 사이로 보이는 방석 속이 나의 머릿속같이 어수선했고 탈색된 헝겊 커버가 윤기 없는 내 운명과 닮아 있었다.

나도 글이 써지지 않을 때나 걱정거리가 있을 때, 즐겨 찾던 의자라서 서운함이 전혀 없는 건 아니다. 그럼에도 나의 몸이 눈에 띄게 나빠졌기에 더는 엉뚱한 곳에 에너지를 쓰기 싫었다. 야무진 꿈 한번 가져보지 못하고 왜 멍청하게 거실에만 놓여 있는 의자가 되어 몸 망가지는 줄도 모르고 참았는지 후회가 되었다. 애물단지로만 보였고 일어나고 있는 불운이 의자에서 비롯된 양 무조건 싫었다.

맹세코 나는 「빈 의자」라는 노랫말처럼 '서 있는 사람은 오시오. 나는 빈 의자, 당신의 자리가 되어 드리리다.'였다. 가족을 편안하게 해주었고 살림도 허술하게 하지 않았건만, 어머니와 남편은 사소한 것까지 맘대로 못하게 했다. 그런 면에서 아끼는 물건을 남편이 병원에 있을 때 버린 행동은 상상도 못할 반란이었고, 그동안 잠재되어 있던 불만의 폭발이었다.

수십 년 거실에 버티고 있던 물건이 없어졌으니 허전하고 불편하겠지만 넓어진 거실만큼 여백이 생겼고 환해졌다. 어쩐지 경사스러운 일이 생길 것 같은 예감도 들었다.

그 후로 맞춘 듯 편안한 의자를 저녁 운동을 하러 가는 대학교 운동장에서 만났다. 약간 비스듬하게 놓아 각도가 기대기 적당했고 인공지능으로 만들었는지 궁둥이가 닿는 데는 낮게 하여 차츰 볼록하게 되어 있어서 나무인데도 딱딱하면서 부드러웠다. 목과 허리를 풀기에도 알맞았다. 고급스럽고 푹신한 의자가 최고인 줄 알았는데 잘못된 앎이었다. 소재를 떠나 의자를 찾는 사람들에 의해 조금씩 길이 들어가는 의자야말로 가죽 못지않은 훌륭한 의자가 아닐까.

헝겊의자는 버렸으나 나는 안락한 의자 같은 여자가 되려고 한다. 직장에서 학교에서 돌아오자마자 찾는 나무로 된 긴 의자이되

쇠못이 아닌 목정(木釘)을 친, 대패질도 꼼꼼히 하여 이 세상에 하나밖에 없는 의자로 남으려고 한다.

집의 존재 의미는 크기나 겉치레에 있지 않고 집 안팎 공간이 어떻게 쓰이느냐에 있다고 한다. 디자인의 원칙에서도 단순함이 최상이라 하지 않던가. 모든 일이 복잡하게 돌아가고 사고도 빈번하게 일어나는 현실에, 집안만큼이라도 여백을 두고 사는 지혜가 필요하지 않을까.

몇십 년 된 의자를 버리고 난 후 허전함을 무엇으로 채워야 하나 걱정했는데, 남편이 그 자리를 건강함으로 메워주고 있어서 감사한 나날이다.

(2010년)

대리 만족

　"일어나세요! 불이 났어요!" 딸이 조심스럽고도 다급한 목소리로 나를 깨웠다. 잠든 우리가 놀랠까 봐 혼자서 해결해 보려고 불이 붙기 쉬운 물건을 안전한 곳으로 옮기고 수돗물을 끼얹었으나 불길을 잡을 수가 없었다고 울상이었다. 결국 감당하기 어렵고 겁이 나서 119에 신고한 후에 깨우는 거란다.

　새벽 1시가 넘은 시각이었다. 남편과 나는 전날 친척의 장례를 치르고 와서 곯아떨어졌는데 늦도록 자료정리를 하던 딸이 불을 발견했다고 한다. 뒤꼍으로 뛰어갔다. 집을 짓는 옆집에서 난 불이 우리 장독대를 넘어 이 층 보일러실로 번졌고, 탈 게 널려 있는 베란다를 태우고 있었다. 동네 사람들이 하나둘 모여들었으나 발을 동동 구르며 우왕좌왕할 뿐 자다 뛰어나왔으니 묘책이 나올 리가 없었다. 소방차가 한시라도 빨리 와주기만을 바랄 뿐이었다.

　타닥타닥 나무가 타면서 활, 활, 불길은 걷잡을 수 없이 사방으로 치솟았다. 어마어마했다. 안방 문틀에도 불이 붙어 유리창이 깨졌고 불은 집 전체를 태울 듯이 맹렬한 기세로 번졌다. 사이렌을 울리며 소방차가 달려오고 소방대원들이 물 호스를 들이대고서야 불길이 잡혔다.

나는 황금빛으로 널름거리는 불꽃이 무섭지도 않았고 놀랍게도 희열을 맛보고 있었다. 몸 안에 있는 몹쓸 것들이 태워지기라도 하는 양 속이 시원했다. 아까운 게 없었다. 나를 괴롭히고 있는 삿된 생각이나 말을 깡그리 태워버리고 현재와는 다르게 태어나서 멋지게 살아보고 싶었다. 아끼는 살림이며 옷이 타고 있는데 장쾌하고 체증이 싹 내려가는 듯하다니, 비록 집은 타고 있지만, 질투와 미련, 억눌린 갈등들이 쌓여있어서인지 다 타버리길 바라고 있었다.

신라 때 화귀(火鬼)가 된 8지귀(志鬼) 라는 설화가 있다. 천민(賤民) 지귀는 선덕여왕을 짝사랑하다가 상사병이 났다. 여왕 행차에 달려들었다가 쫓겨났는데, 이를 안 여왕은 그를 불쌍히 여겼고 불공을 드리러 가면서 지귀를 불렀다. 지귀는 탑 아래에서 불공을 드리는 여왕을 기다리다 잠이 들었는데, 여왕은 팔찌를 빼서 잠든 그의 가슴에 올려놓고 환궁을 했다.

뒤늦게 깨어난 지귀는 팔찌를 발견하고 만나지 못한 사모의 정이 심화(心火)로 타올라, 탑을 태우고 화귀(火鬼)로 변화하여 미친 듯이 닥치는 대로 불을 질렀다.

화귀가 된 지귀는 천지를 떠돌아다니며 불을 질러 사람들이 두려워하였는데, 여왕이 주문을 지어 붙이자 지귀가 달아나서 나라의 불길이 잡혔다고 한다. 이 설화에서 지귀가 여왕에게 품었던 뜨거운 연정을 '불타는 사랑'이라 하여 불은 정열을 상징한다.

꿈에 불을 보면 재수가 있다고도 하고 운이 트인다고 한다. 심리학자인 프로이트는 꿈의 불은 억압된 성(性)의 발산이라고 보고 있다. 그렇다면 아직도 나에게는 못다 한 열정이 남아 있다는 말인가.

초등학교에 다닐 때 우리 동네의 정유소에서 불이 났었다. 온 동네가 대낮처럼 환했고 기름이 담긴 드럼통이 튈 때마다 천둥 치듯 하면서 불은 새벽이 와도 꺼지지 않았다. 무서워서 아버지의 손을 잡았으나 벌겋게 타오르는 불꽃이 아름다우면서도 신기했다. 또, 음력 첫 쥐날에 논두렁과 밭둑에 쥐불을 놓으며, 정월대보름날 친구들과 깡통에 불을 담아 돌려 불티가 날아다니면 꽤 신났었다. 불이 무엇인지도 모르면서 나는 정열의 소녀였나 보다.

살아가는 힘은 에너지로부터 나오고 곧 에너지는 생명을 이어주는 불꽃이라 할 수 있다. 그렇다면 내 속에서 타고 있는 불꽃은 몇 섬이나 남았기에 중년이 되었어도 불을 보면 시원해지는 걸까.

나는 노래로 마음속에서 일어나는 나쁜 기운을 잠재우는 편이다. 성가대에서의 열창도 나로서는 무엇으로도 삭이지 못하는 불길을 태우는 방법의 하나이다.

소방차도 돌아가고 대충 수습이 끝났다. 불은 껐지만, 정전이 되어서 깜깜한 거실에 앉으니 미처 타지 못한 찌꺼기가 남아 있었는지, 무어라 말할 수 없는 서러움이 밀려왔다. 하지만 불이 났던 집은 잡귀가 타버려 집안이 편안해진다는 말이 있듯이, 우리 집에 드리웠던 어둠이 걷혔으면 하는 바람이다.

(2001년)

나는 오히려 아파트가 싫다

집안의 대소사가 겹쳐 무리인 듯싶더니 몸살이 났다. 종일 쉬었는데도 나아지질 않는다. 엉뚱하게도 20대에 수영장에서 쓰러졌던 친구와 요절하신 은사님이 떠올랐다. 한나절 누워있었다고 육신의 병이 영혼까지 약하게 만들었다.

온갖 잡념이 쌓여 있을 때 마당 쪽에서 '뽀릿뽀릿 습스르르 삐리릿' 새들이 지절거리고 있었다. 창문을 열자 더 크게 들려왔고 좀 전에 우울했던 기분에 변화가 생겼다. 늘 들어왔는데 평소보다 낭랑하게 들렸다. 아마 이웃에서 들려오는 피아노 소리였다면 무덤덤했다거나 혼란스러웠을 텐데 금방 상쾌해지면서 열도 내렸다.

새들이 떼를 지어 우리 집을 제집처럼 드나들고 개중에는 상주하여 개밥에 눈독을 들이고 있다. 신기하게도 진돗개 백이(애칭)는 마지막 밥을 약간 남겨놓고 멀찌감치 나앉아 바라본다. 내가 새들이 오는 걸 반겨주듯 개도 주인을 닮아서 새들이 노는 모양이 귀여운가 보다. 진돗개라는 혈통 하나로 대접을 받고 살면서도 울안에 갇혀 있다 보니 훨훨 날아다니는 새들의 자유로움이 부러워 밥을 남겨주는 걸로 짐작한다. 백이가 하는 짓을 가만히 보고 있노라면 새 모이를 따로 주어보지 않은 나보다 낫다.

백이가 늘 너그럽지는 않다. 우리가 집을 비우고 외식이나 모임으로 나갔다 돌아오면 참새를 물어다 현관 앞에 갖다놓기도 한다. 저만 두고 나갔다는 불평을 잔인하게 표현하는데, 그 만만한 새들과 친해진 데는 날마다 묶여 있는 신세에 기척이 그리워서가 아니겠는가.

난폭한 성질이나 체격으로 보아서 새들이 어디 진돗개와 한 마당에 놀 사이인가. 그런데도 생명을 유지하기 위해 두려움과 위험을 무릅쓰고 다가가는 용기는 대단하다. 참새들처럼 목숨 걸고 살아본 적이 없는 나는 아픔을 털고 일어나야겠다는 충동이 생겼다.

나는 이 집에서 30여 년을 살았다. 주위에 단층 단독은 다세대 주택으로 바뀌었다. 한산하기만 했던 골목이 시끄럽도록 세입자들이 늘었어도 서로 눈치보고 미뤄 골목청소는 내 몫이 되어버렸다. 또한, 저녁을 먹고 옥상에 올라가면 한여름에도 에어컨과는 다른 바람이 불어와 시원했는데 건물들이 들어차서 겨울에는 햇살이 차단되어 춥고 여름에는 열기만 뿜어댄다.

내가 아파트로 가려고 하는 까닭은 개똥과 새똥을 치우는 일이 고돼서가 아니다. 마당에 나무와 꽃을 가꾸며 개와 새들이 노는 정경을 바라보는 소일도 단독에 사는 낙 중 하나인데, 아픈 날이 늘다 보니 편안하다는 아파트 쪽으로 흔들리게 되었다. 딸도 내 의중을 알아차리고 찬성이라며 내 편에 서서 이사를 가자고 졸라 댔다.

별 장점을 다 들어 남편을 이해시키려고 해도 '한 발짝도 못 떠난다. 나는 오히려 아파트가 싫다!'며 들은 척도 하지 않는다. 직장도 가깝고 편안한데 왜 답답하고 비싼 아파트로 이사해야 하느냐면서 극구만류를 한다. 아파트로 가는 꿈은 버리지 않았지만 흐지부지돼버렸다.

남편의 동창모임에서 저녁을 먹게 되었다. 소문만 내놓고 아파트로 가지 못하는 이유를 설명했더니 동창 하나가 대뜸 '그놈 멋지네! 그 나이에 뜻을 세우며 살다니—.' 하여 모두 웃었지만, 한편으로 보면 정이 들 대로 든 우리 집은 평범한 보금자리 이상의 뜻을 담고 있다. 이 집에서 아이들 셋이 태어나기도 했지만 남편의 승진도 이 집에서 이루어졌다.

나 역시 옛날집이라는 단점만 빼면 트집 잡을 게 없다. 떠날 핑계가 없다. 이웃에서 들려오는 낯익은 인기척과 꽃나무들은 계절마다 변화를 주어 삶을 윤택하게 해주었지 않았는가. 수십 년간 대문을 들어서면 반겨주던 향나무 단풍나무 주목 자귀나무였는데, 막상 이별한다니 서운하다.

남편이 유년에 살았던 집에는 수십 그루의 나무가 있어서 새들이 떠나질 않았다고 한다. 몇 년 전 남편이 교통사고를 당하고 며칠 의식을 잃었을 때는, 고향의 새소리를 들으며 나무에 올라가는 꿈을 꾸고 정신을 차렸다고 한다. 어려서 듣고 자란 새소리가 사경을 헤맬 때 들려와 깨어나게 하다니.

그 당시에는 새들의 지저귐을 듣고 깨어났다는 말이 의아하게 들렸지만 내가 아파 누워 들어보니 남편이 왜 이 집을 떠나기 싫어하고 그토록 새소리에 연연하는지 이해가 되었다.

환자를 댄스로 치료하는 분의 말을 들어보면 처음에는 바람, 시냇물, 새 등 자연의 소리를 들려주어서 심신이 편안하도록 해준다고 한다. 우선 정서에 안정이 되어야만 춤으로도 치료할 수 있다고 하니 자연의 소리는 치유하는 능력의 기본이라고 볼 수 있다. 근래에 와서는 아파트도 실외 공간을 정원처럼 꾸며 녹색지역을 넓힘으로 새들은 볼 수 있겠으나 개와 새들의 다정스러운 정경을 본다는 건 불가능하다.

마당에는 언제 모여들었는지 새들이 가득하다. 백이가 밥그릇에서 멀찌감치 물러나서 새들을 바라보고 있다. 그 노는 양이 귀여운지 꼬리를 살래살래 흔들고 있다.

(2007년)

제 2 부

무대에 서는 긴장감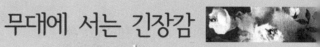

클라이맥스, 감동의 극치를 보여준 후 상큼하게 끝맺음을 하는
합창의 마무리기법처럼, 독자의 귓가에 맴돌면서
긴 여운으로 남는 수필을 쓰려고 한다.

실수의 매력

친구들과 등산을 가는 날이다. 만약 점심을 준비하지 못한 사람이 있으면 주려고 김밥을 넉넉하게 싸고 손님이나 올 때 꺼내던 우리 집에서는 별식인 깻잎장아찌도 담았다.

모이기로 한 우이동 종점에 도착해보니 늦었다. 일행이 보이지 않았다. 내가 늦기는 했으나 가버린 친구들이 야속했다. 친구들이 올라갔을 산 쪽을 우두커니 바라보는데 초등학교 2학년 때의 일이 떠올랐다.

당시는 교실이 모자라 2부제 수업을 했다. 그것도 일주일마다 바꾸는 통에 오후 수업인 줄 알고 학교에 가보니 우리 반은 수업이 끝나 돌아갔고 교실에는 다른 반 아이들이 있었다. 다행히 가지 않은 친구가 있어서 숙제를 메모하고 그날 배운 것을 베꼈다. 그리고도 어머니께서 그날 배운 공부를 물어보실까 봐 오후반 교실 창틀에 매달려 선생님의 눈에 띄지 않으려고 조마조마했다.

우이동 종점에서도 초등학교 시절처럼 친구들이 보이지 않았으나 되짚어 집으로 가기는 싫었다. 혹시 올라갈 때 만나지 못하더라도 내려오다가 만날지도 몰라서였다.

그때, 우연히 10년 넘게 산에 다녔다는 여자들을 만나 자연스럽게 일행이 되었다. 그들을 따라가기에 바빠서 경치를 볼 틈도 없이 앞서 가는 여자들의 엉덩이만 보고 걸었다. 숨쉬기도 어렵고 옷이 젖도록 땀을 흘렸다.

가파른 길에는 자일이 있어서 수월했으나 전날 비가 온데다가 높이 올라가지 않으려고 대충 신고 간 운동화가 미끄러웠다. 산장에 도착하자 그들은 나의 서툰 등산이 걱정됐던지 인수봉에 거의 왔다면서 같이 오르든지 산이 더 험해지니 내려가든지 하라고 했다. 따라갈까도 고민했으나 오른 만큼 혼자 내려가야 하는 게 겁이 나서 점심이나 함께 나누어 먹는 걸로 만족하기로 했다.

여분으로 싸간 음식을 여인들과 나누어 먹으니 배낭도 가벼워졌겠다, 홀가분한 발걸음으로 하산했다. 정상을 눈앞에 두고 되돌아 내려간다는 게 서운했으나 집으로 간다는 안도감에 미끄러워도 겁나지 않았다.

한참을 내려오다가 비록 올라가지는 못했지만, 그냥 가기가 서운하여 인수봉이 보이는 곳에 앉았다. 멀리 암벽을 타는 사람들이 보였다. 연한 회색의 인수봉은 사자 한 마리가 드러누운 형태였다.

내가 다니는 합창단의 발표회에서 부를 김재호 작사, 이수인 곡인 '국화꽃 져버린 겨울 뜨락에, 창 열면 하얗게 무서리 내리고'로 시작되는 「고향의 노래」를 2절까지 불렀다. 아쉬움으로 부른

노래는 골짜기의 물소리에 실려 메아리로 흐르더니 울적함도 함께 흘러내려갔다.

바위 사이로 내려오는 물은 비취색을 띠고 있다. 산중턱의 단풍나무는 빨갛게 타오르고 있었다. 자연은 한 폭의 동양화라더니 그 말을 실감할 수 있었다. 북한산의 흙에는 적토(赤土)가 섞이지 않아 수질도 으뜸이라는데, 그 물에 세수도 하고 손과 발을 담그니 속이 시원했다.

'숲이 가진 원시성은 일상에서 느낀 사소한 근심과 스트레스에서 자유롭게 해준다.'고 하더니 산천은 친구들에게 미안했던 감정도 감싸주었다.

집에 돌아와 친구에게 전화를 했더니, 등산은 다음 주에 있을 예정이란다. 나만 날짜를 잘못 알고 홀로 등산을 한 셈이지만, 그 덕분에 인수봉을 보듬어 딱 버티고 있는 북한산을 보면서 나라는 존재가 작다는 걸 깨달았다. 내가 나약하다는 걸 느낀 한 가지만으로도 다행한 일이었다. 또 찬찬하지 못한 성격은 실수로 이어지는 게 많다는 걸 반성했다. 왜 나는 야무지지 못한지. 이번 말고도 어긋난 일이 한두 번도 아닌데 여전히 착오하고 있으니 말이다.

사람도 잘못 보는 경우가 있다. 언제나 야무져서 제대로 사는 방법을 배우게 될지 답답하기만 하나 이럴 때마다 뉘우치고 있으니 나아질 거라 믿는다.

(1999년)

매일 산을 바라볼 수 있는 고황산 아래 사는 회기동 사람들은
타 동네보다도 복을 받았다고 하겠다.
산과 접하면서 자라난 내 아이들의 인성이 순수하다는 걸 봐도
틀리지 않은 듯하다.

고황산 자락에서

　고황산(高凰山)자락에 둥지를 튼 지 37년이 되었다. 어떤 동네인지도 모르고 남편이 하자는 대로 이삿짐을 푼 게 제2의 고향처럼 살 줄 몰랐다. 남편의 직장이 걸어서 다닐 수 있는 경희대학교 안에 있었고, 아이들 셋이 이 집에서 태어나 고황산 아래 있는 경희학교를 다니다 보니 학부형들이 학군을 따져가며 이사를 가도 떠날 수가 없었다.

　학생운동이 치열했던 시절에는 골목마다 감도는 긴장감과 최루탄냄새가 싫어 이사를 할까 하여 알아도 보았었다. 그런데 고황산이 베푼 고마움을 떨칠 수 없어 한여름에도 문을 닫아야 하는 불편함쯤은 참을 만했다.

　아이들이 어릴 때는 저녁 준비를 해놓고 고황산에 올라 답답함을 풀어내곤 했다. 저녁 해가 능선을 따라오면서 달래주었고, 저녁을 먹고 올라가면 달도 내 심정을 아는 듯 오고 가는 길을 밝혀

주었다. 내가 자주 가는 곳에서 몇 걸음 올라가면 약수터가 있었는데 한때는 약물이라고 하여 장사진을 이루기도 했다. 나도 그 물을 먹으려고 지루한 줄 모르고 기다렸던 젊은 날이 있다. 산들이야 비슷하겠지만 고황산이 뿜어내는 깨끗한 공기는 유난히 상쾌하여 산에 다녀오는 날은 침침하던 눈까지 밝아졌다.

학군은 좀 떨어지더라도 산과 조경이 특출한 교정 안에서 내 아이들에게 청설모와 다람쥐를 보여주고 싶었다. 봄에는 두견새가 토한 핏자국에서 피어났다는 진달래의 전설과 '뻑뻑 쬑뻑뻑뻑' 여섯 음절로 우는 입이 붉은 두견새 소리를 들려주었다. 단음으로 울다가 삐잇-. 하며 길게 내뽑는 다른 새소리에 귀를 기울여보라고 했다. 또 고요한 산 속에서 나뭇잎들이 바람에 비벼대는 소리와 새소리를 듣노라면 잃었던 기운을 되찾을 거라고 말해주었다.

고황산에는 까치가 많다. 아카시아나무나 미루나무에는 까치집이 있는데 까치들의 날갯짓은 경쾌하다 못해 활기찼다. 까치는 우리나라의 나라새로 뽑히기도 했을 만큼 사람과 친근한 새이며 까치가 울면 반가운 소식이 오고 까치들이 모여드는 곳에는 복이 실려온다는 말도 있다. 그런 의미에서 매일 산을 바라볼 수 있는 고황산 아래 사는 회기동 사람들은 타 동네보다도 복을 받았다고 하겠다. 산과 접하면서 자라난 내 아이들의 인성이 순수하다는 걸 봐도 틀리지 않은 듯하다.

회기동(回基洞)을 풀이하면 이사를 갔다가도 돌아온다는 뜻이란다. 이곳은 산이 있을 뿐 아니라, 유치원부터 대학교까지 있다 보니 날로 발전해 가는 환경과 교통 등이 편리해서 이웃들도 눌러산다고 한다. 언제든지 산책하고 운동할 수 있도록 개방해 놓은 대학교 운동장과 산책로. 내 집 정원처럼 드나들 수 있는 놀이터가 지척에 있으니, 무얼 더 바라겠는가.

칸트는 '행복도 중요하지만, 행복을 누리기에 합당한 사람이 되어야 한다.'고 했다. 행복을 직접 목적으로 삼지 말고 복을 누릴 만한 자격이 있는 행동을 하고, 그러한 인간이 되라는 말이다. 내가 이 말을 새겨두는 건 목적에 의해 행동하는 게 아니라 먼저 솔선수범하고 받아야 한다는, 누릴 가치가 있는 인격으로 변해야 한다는 그 뜻이 좋아서이다.

행복만이 아니다. 인간에 합당하게 살려면 학교 교육 외에도 자연을 아끼고 보듬어주는 인격도 지녀야 한다. 자연은 인간의 스승이라고 하면서 가물어 산이 메말라 가거나 나무들이 해충으로 병들어가는 데도 나 몰라라 한다면 앞뒤가 맞지 않는다. 이러한 깨달음도 내가 한곳에 오래 살지 않았으면 가능했겠는가.

고황산의 원래 명칭은 천장산(天藏山)이다. 천장이란 하늘이 '품다. 간직하다는 말로 집터나 능을 일컬으며, 수도가 들어서도 손색이 없다는 뜻이다. 좌청룡 우백호의 모형을 갖춘 명당이라 그런지 고황산자락과 주변에는 능(陵)이 적지 않다. 특히 천장산을 등에 지고 명당이라고 하는 위치에 의릉과 회릉이 있고 회릉의 원찰(願刹)이었던 연화사가 있다.

이 자리에는 삼각산의 연봉을 지고 맥맥이 뻗어 내리는 주봉의 힘이 맺혀져 있다. 아울러 왼쪽으로는 용마산, 수락산, 불암산, 관악산 등이 굽이치고 아득히 우측으로는 삼각산을 비롯하여 인

왕산의 산세에 에워싸여 있다. 앞쪽으로는 중랑천의 냇물이 한강과 합류하여 장강을 이룬다. 천장산은 역사의 흔적도 있지만, 주요 산들과 연결이 되어 있는 게 특징이다.

또 천장산을 고황산이라고 바꾼 데는, 봉황이 창공을 향해 날개를 편 형상이어서란다. 주민들은 주로 고황산이라고 부른다. 봉황은 옛날부터 상서로움을 나타내는 길조였으며 당시 이 지역에 살던 노인들과 지관들의 말에 의하면 훌륭한 인재를 배출할 매우 큰 땅이라고 하였기에 이름을 바꾸었다고 한다.

나는 봉황이 날개를 펴고 창공을 난다는 그 산을 시간이 날 때마다 오른다. 요즘에는 아파트 단지도 조경이 잘돼 있고 근처에 산도 있지만 고황산 주위처럼 역사의 발자취가 많고 서민들이 살기에 적합한 동네라 이사를 간다고 해도 잊을 수 없을 것이다.

고황산이 품고 있는 마을은 회기동인데 경희학원 외에도 경희의료원이 있다. 비록 수도는 세워지지 않았으나 수많은 동량을 배출하고 죽어가는 환자들을 살려내는 곳이 있으니 천장산이나 고황산이라는 명당 값을 충분히 해냈다고 보겠다.

무엇보다 내가 결혼하여 꿈에 부풀어 보금자리를 튼 곳이기도 하고, 아이들이 태어나 튼튼하게 장성하여 제 몫을 해내고 있으니 나야말로 고황산의 정기를 단단히 물려받은 셈 아닌가.

(2008년)

무대에 서는 긴장감

음악은 내 생활의 일부다. 램프와 같다. 그래서 내 수필의 소재는 음악과 뗄 수가 없다. 등단작인 「합창(合唱)」은 40여 년간 방송국 합창단 활동 중에 경험한 장단점을 작품화한 글이다. 화음이 첫째인 합창에서처럼 이웃과 서로 양보하여 조화를 이루는 진솔함을 수필에 담고자 하였다. 일테면 합창의 맛과 멋을 생활에서 찾아내어 작품 속에 형상화했다.

빨래와 설거지를 하면서, 기쁘거나 화가 날 때조차도 음악과 살고 있다. 자면서도 흥얼거려 남편이 나를 깨운 때도 있다. 이렇듯 나는 음악 속에 존재하며 앞으로도 되도록 음악과 관련된 수필을 쓰고자 한다.

다른 작가들도 비슷하겠지만, 나도 일상 중에서 문득 감동으로 다가오는 음악과 문학이 만나 공감을 일으킬 때, 글쓰기에 의욕이 생긴다. 그때부터 소재 찾기에 매진한다. 길을 가다가도 레코드

가게에서 흘러나오는 멜로디에 영감을 얻으면 그냥 지나치지 못한다. 천천히 걷거나 걸음을 멈추고 듣다가 그래도 아쉬움이 있으면 사서 가지고 온다.

여덟 살부터 결혼하기 전까지 나는 방송국의 합창단원으로 있었다. 결혼 후에도 성당의 성가대원으로 이어졌다. 정기적인 발표회를 위하여 새 곡이 주어지면 그 곡을 외우느라 여러 날 헤맨다. 그러면서 반올림표와 반내림표, 되돌이표 등 하나하나에 심혈을 쏟았을 작곡자 노고를 헤아린다. 그래서 예술혼이 녹아든 곡을 만날 때나 연주를 듣고 나면 행복에 들떠서 지낸다. 나의 수필에서도 독자들이 그러한 느낌이길 바라면서 고민한다.

새 곡을 연습할 때 박자나 음정을 익히고, 그 다음 단계로 가락의 감정과 흐름에도 신경을 쓰듯이 수필을 쓸 때도 정확한 어휘를 찾고 진솔하고 간결한 문장이 되도록 가지치기를 해준다. 그 후에는 문단과 문단끼리 호흡이 맞고 짜임은 치밀한지, 주제는 일관성이 있는지 살펴본다.

수필의 서두는 무대에 첫발을 내딛는 순간과 같다. 서곡에도 부를 곡의 감정이 배어 있듯이 수필의 제목에도 글 전체의 줄거리를 암시하고 있어야 한다.

본론으로 들어가기 전에도 고심하기는 마찬가지다. 합창에서도 곡의 성격과 종류에 따라 의상과 머리 모양이 다르다. 또 큰 합창제에서는 연주하기 전에 관현악단이 각자의 악기를 조율해야 성공에 이르는 반주를 해줄 수 있다.

그런데 지난날 쓴 글을 보면 반회장저고리에는 꽃신을 신어야 더 어울릴 텐데 투피스에 고무신을 신겨놓기도 하였다. 또 글에서도 완벽한 조율이 있어야 하는데 서두르다 보니 끊어진 줄 같은 글들이 있다. 그걸 만회하고 도막난 글줄을 잇느라고 밤을 새우기도 한다. 충분히 소화하지 못했거나 흔한 소재들을 가지고 글을 쓰면 주제에서 어긋나고 함축미도 없으며 금방 맥이 끊긴다는 걸 알게 된다.

무대에서 본론은 관객을 사로잡을 전달력이 있어야 한다. 합창은 여린 음부터 내기도 하는데 합창에서의 큰소리는 신이 나기는 하나, 호소력을 나타내는 데는 작고 부드러운 음이 효과를 낸다. 글도 슬픔을 안으로 밀어 넣었다가 걸러서 살짝살짝 내비치는 수필을 써야 하건만 내 수필은 어설프기만 하다. 허나 노래하려고 무대에 설 때의 긴장감으로 쓰고 있으니 발전하지 않겠는가.

나는 글을 쓰다 풀리지 않으면 마당에 나가 운동을 한다. 빠르거나 느린 음악에 맞추어 엉킨 글의 실마리를 찾곤 한다. 그렇게 태어난 작품이지만 때로는 원고를 보내놓고도 미심쩍어 이튿날 출판사에 가서 원고를 찾아오기도 했다. 모든 작가에게는 창작의 고뇌가 있겠지만, 등단의 햇수가 짧은 나로서는 꾸준히 습작하는 길밖에 방도가 없을 줄 안다.

연주가 시작되면 관람석의 조명이 꺼진다. 오직 무대 위의 조명만 서서히 밝아져서 관중이 숨을 죽이며 음악을 감상하도록 한다. 나도 독자들에게 여운 있는 글로 다가가려고 노력하고 있지만, 약삭빠른 행동이나 어눌한 말씨, 겸손하지 못한 부분들을 다 떨어내야 가능해지리라. 내 수필이 나아질 수만 있다면 혹평을 받더라

도 상처받지 않고 대가들의 작품을 읽으며 수필의 싹을 키우려고
한다.

클라이맥스, 감동의 극치를 보여준 후 상큼하게 끝맺음을 하는
합창의 마무리기법처럼, 독자의 귓가에 맴돌면서 긴 여운으로 남
는 수필을 쓰려고 한다.

연주회에는 다양한 레퍼토리가 있듯이, 나도 레게음악이나 랩
뮤직, 국악이나 동양음악, 클래식이나 가요에 이르기까지 폭넓은
영역에 빠져들고 있다. 거기에 내재되어 있는 의미와 가치를 형상
화하여 색다른 수필을 써보고자 함이다.

(2007년)

또 하나의 인생

경희대학교에서 성가발표회를 했다. 내가 다니는 성당의 성가대에서 작년에 이어 두 번째 갖는 조촐한 음악회였다. 연주곡은 푸치니(Giacomo Puccini-1858~1924)의 「글로리아 미사곡」이다. 오페라 에드가 마농 레스꼬코(Manon Lescault), 투란도트, 라보엠, 나비부인, 토스카 외 모든 작품에 이 미사곡의 선율과 화성이 인용된 푸치니의 데뷔작이기도 하다.

「글로리아 미사곡」은 연주회용으로서 축제일에 빠지지 않는다. 푸치니는 이태리의 루카 지방에서 해마다 열리는, 디 산 파올리노(di San Paolino) 성인의 축제를 위해 이 곡을 썼기에 장엄하면서도 부르기가 여간 어렵지 않다.

내가 단원으로 있는 로사리오 연합성가단에서 처음으로 이 곡을 연주할 때는 공교롭게도 개인 사정으로 무대에 설 수가 없었기에 객석에 앉아 연주를 들으며 한없이 울었다. 우아한 가락과 하모니 그리고 곡 전반에 흐르는 웅장함에 압도되었다.

연합성가대에는 참가할 형편이 못 되어서 서운했었는데 이문동 성당의 손영일 신부님이 이문동 성가대에 부탁하셨고, 나도 무대에 설 기회가 생겨서 참 기뻤다.

교향악단의 전주가 끝나고 「자비송(Kyie)」이 이어졌다. 성가대원들은 흐느끼며 죄를 고백하듯 불렀다. 「글로리아(Gloria)」에 나오는 '하늘의 영광'에서는 발을 구르듯 외치는데 이 미사곡의 백미라 할 만큼 곡이 길고 화려했다. 알토 테너 베이스가 '땅에 평화'라고 부드럽게 노래하면 소프라노가 이어서 '땅에 평화'라고 속삭이는 대목은 우렁찬 '하늘에 영광'과 대조를 이룬다. 대영광송은 마지막에 악기와 더불어 아멘을 외친다. 입천장에 달라붙는 음(音)이 가쁜 숨을 내뱉게 한다. 끝으로 부른 「하느님의 어린양(Agnus Dei)」은 시름에 겨운 이가 들으면 위로를 받는 곡이다.

2부에서는 초등부와 중고등부의 합창이 있었고 어버이와 청년이 함께 가곡 등을 불렀다. 그리고 성당을 떠나는 신부님에게 드리는 '이별의 노래'가 이어졌다. 천장에서 '신부님 사랑해요'라고 쓴 플래카드가 내려왔다. 신부님은 실제로 연주를 들으니 감개무량하다고 하셨다.

신부님은 몇 시간의 강의보다 성가 한 곡을 듣는 편이 믿음을 쌓는 일이라고 보셨다. 점심 한 끼 제대로 드시지 못하고 아파도 병원에 가지 않을 정도로 당신에게는 인색하면서도 두 번씩이나 음악회를 하라고 벅찬 비용을 선뜻 내주셨다.

성당의 건물이 낡아서 일 년 내내 수리를 한 때가 있었는데 신부님은 재료 구매에서부터 석공, 목공, 전공 등 궂은일을 손수 맡아서 절약하셨다. 신부님의 검약을 보아온 우리는 음악회에 든 경비가 무거운 비중으로 전해졌다. 음악을 통해 젊은이들에게 꿈을 심어주려는 진심을 왜 모르겠는가.

신부님은 당신 방에 오르간을 두고 틈나는 대로 건반을 누를 만큼 음악과 함께하셨다. 성가대에서 오르간 반주가 틀린 음을 내면 뛰어가서 음을 바로잡아주는 음감이 예민한 분이다.

또 건축미술에도 뛰어난 감각을 발휘하여 성당을 보수할 때도 설계와 감독을 맡았다. 보수 후에 과로로 일 년이나 병석에 있다가 회복한 것도 그가 아끼는 음악이 있어서가 아니었을까 한다. 젊어서부터 여러 가지 악기를 다뤘다고 하니 신부님에게 음악은 연인이자 친구였다. 증거로 바이올린을 직접 만들려고 사제가 된 지 삼십 년이 넘도록 간직했던 나무가 있었는데 화재로 잃고 말았다며 서운해 하시는 걸 보았다.

손 신부의 일생을 열거하다 보면 푸치니보다 2세기 앞섰던 비발디가 떠오른다. 사계(四季)로 유명한 이태리의 작곡가 비발디(Antonio Vivaldi, 1678~1741)는 사제였다고도 한다. 독일에까지 알려져서 바흐가 영향을 받을 정도였던 그는 바이올린을 잘 켰다. 그것은 베네치아에 바이올린을 만드는 명인(名人)이 있어서 라고 믿는다. 그가 천식을 앓으면서도 베네치아 교구 안에 여자 고아들에게 꿈을 주려고 수많은 곡을 썼고, 보육원에 합주단을 만들어 음악 지도를 한 것은 손 신부님과 비슷하다.

손 신부는 A. J. 크로닌의 소설 『천국의 열쇠』에 나오는 주인공

과도 닮았다. 선교사로 중국에 간 주인공은 작업복을 입고 손수 벽돌을 찍어 노는 땅에 성당을 짓고 책상도 만드는 영국인 괴짜 신부이다. 그러한 분도 실수를 하는지라 낚시에 집중하다 약속을 잊었다고 한다. 걸어서 가려면 정한 시간에 댈 수가 없어서 옷을 벗어들고 강을 가로질러 갔다고 했다. 이런 신부들이야말로 인정이 메말라가는 사회에서 지친 사람들에게 위안을 주는 사제이리라.

신부님이 좋아하던 글로리아 미사곡에서 대영광송의 주제는 '하늘의 영광, 땅에는 평화'이다. 신부님은 이 방법으로서 음악을 택했다고 여겨지며 신앙생활 자체도 아름다운 음악이었다고 본다.

아름다운 음악은 우리에게 평화로움으로 인도한다. 개인의 평화는 이웃으로 번져가고 이웃의 평화는 나라로 확대되어 끝내는 세계의 평화를 가져온다.

몇 년이 흘렀건만 미사곡이 끝난 뒤 기뻐하던 신부님의 아기 웃음 같은 표정이 지워지지 않는다. 음악 속에 성인(聖人)으로 사셨던 신부님처럼 내 삶도 그리 이어지기 바라는 마음이 간곡해서일 것이다.

(1999년)

나이테

산에 갔다가 나무를 베어낸 그루터기 의자에서 쉬게 되었다. 무심코 앉으려고 하는데 나이테가 눈에 확 들어왔다. 그건 일전에 자연사박물관에 가서 생김새가 다른 나무들의 나이테를 보아서이다.

나무들의 밑동을 살펴보니 모두 달랐다. 너비가 넓어도 선이 엷거나, 좁아도 치밀한 것도 있다. 속이 패여 썩었거나 간격이 고르며 촘촘한 나이테도 있었다. 소나무 같은 침엽수는 나이테가 뚜렷하고 단풍나무 등의 활엽수는 선이 흐리다.

나무의 밑동을 보는데 짠해지면서 나도 유년의 순수성을 잃고 저 나무들처럼 온갖 꿈을 접고 주저앉아 있는 건 아닌지 속상했다. 나무들이 가졌음직한 희망을 그려보았다. 이 나무는 거목이 되어 큰 건물에 쓰일 거라는 포부를 가졌을지도 모르고, 저 나무는 한옥 대들보가 되기를 원했을 수도 있다. 혹은 장인의 손에서 화초장이 되어 부잣집 안방에 들어가 대우받는 꿈을 꾸었을지도 모른다.

　나무의 나이테는 기온에 의해 달라지며, 장마나 가뭄의 영향을 강하게 받는다. 봄과 여름에는 세포 분열이 활발하여 물을 쉽게 빨아들임으로 세포벽이 얇고 색깔이 연하다. 가을부터는 천천히 자라 세포벽이 두껍고 조직이 치밀하여 색이 진하다. 이처럼 연한 조직과 진한 조직이 번갈아 생기면서 동심원의 나이테, 즉 연륜(年輪)을 만든다.

　나이테에는 나무의 역사가 담겨있는데 내 나이테에는 무엇이 담겨 있을까. 자화상(自畵像)을 그리듯 나만의 나이테를 10년 단위로 적으려고 한다.

　10대는 잘 웃고 순진했다. 사춘기에는 소설을 습작하다가 성적이 떨어져 따라잡느라 고생을 했다. 그래도 행운목처럼 속은 하얗고 점차 붉은색을 띠며 선명하다.

　20대에는, 월남에 간 애인이 날마다 편지를 보내주었다. 그 답장에는 무사하게 돌아오기만을 빌던 내 기도가 있으니 침엽수의 나이테처럼 굵고 진하다.

　결혼 전에는 직장 근무 이외의 시간은 피아노와 꽃꽂이에 매달렸다. 일개미가 높은음자리표를 들고 꽃 위에 있는 선이 부드러운 그림이겠다.

　결혼 후 30대에는 미국에 살면서 아이들을 데리고 유럽여행을 다녔으니 그 무렵 나이테는 푸른빛이 날 것이다. 또 고풍스러운 도시의 풍경과 유럽의 성당, 음악가들의 생가에 전시된 악기들,

미술관의 작품들이 등장한다. 서른 막바지에는 딸만 둘 있는 내게 기다리던 아들이 태어났으니 세상을 다 얻은 듯하였다.

40대에는 잠재되었던 문학의 나래를 펼치려고 문우들과 숲속에서 노래도 불렀고, 교수님의 강의에 심취하였다. 그 성취감으로 원이 기울지 않고 매끌매끌한 나무를 닮은 나이테가 그려진다.

기쁨이 있으면 우환도 있는지 40대 후반에는 건강에 이상이 생겨 한창 물이 필요한 때에 가뭄이 들었던 시기와 같다. 나이테의 속이 패이고 선도 딱딱한 나무와 같은 그림이다.

50대에는 맏며느리로서 풍파를 겪은 날들이 태반이라 굴곡이 심하고 거칠거칠한 그림이 나올 것이다. 밑동에는 이상한 색깔의 버섯들이 자라나서 나이테를 구분하지 못할 수도 있다.

60을 전후하여 남편의 정년퇴임과 자식들의 뒷바라지는 끝났으나 내가 무리하게 대학원에 다닌 2년간 나이테는 성장이 더딘 시기다.

나무는 봄에 늦서리를 맞거나 가뭄이 들고, 곤충이 잎을 먹어버리면 부름켜가 변형되고 나이테가 없거나 비정상으로 생긴 즉, 위연륜(僞年輪)이 생긴다고 한다. 나도 논문을 쓰면서 손가락에 마비가 올만큼 힘들었으니 가짜 나이테가 섞인 그림이겠다.

내 생애의 나이테를 그려놓고 보니 번지르르 한 겉과는 달리 속은 그렇지가 않다. 그림으로 말하면 회색이며 힘에 부친 일들이 모여 속을 태우고 태워 재로 만들다 보니 흐릿하다. 이럴 바에는 차라리 속이 비고 나이테가 없는 대나무가 되면 좋을 뻔했다.

대나무는 60년, 120년 만에 꽃이 핀다는 설이 있으나 60년 만에 핀다는 견해가 압도적이다. 꽃이 필 때는 대숲 전체에 일제히 피어남으로 이때 지니고 있던 영양분을 소모하게 되며 이로 인해 대나무는 몽땅 말라죽고 싹을 틔워 새로 태어난다고 한다. 신기하지 않은가.

대나무는 속이 비었어도 마디를 만들면서 높이 올라가야 하니 다른 나무처럼 시련이 왜 없었겠는가. 하지만 속을 비우고 퉁소, 피리, 대금이 될 희망이 있으니 대나무는 만족스럽지 않겠는가. 나는 알차지도 못하면서 태양, 구름, 별, 달을 향해 올라가는 대나무처럼 큰 꿈은 갖고 있지만 비우는 일이라면 기꺼이 받아들이려고 한다.

그리하여 몸통에서 부드러우면서도 구슬픈 가락을 내는 대금이 되었으면 한다. 타서 재가 된 나의 한을 달빛 아래서 대금 소리로 풀어낸다면 나이테가 없다 한들 어떠리.

(2008년)

마음의 북

전주에서 남편의 대학 동창회를 한다기에 갔다가 유태평양 군을 보았다. 유군은 여흥시간에 북을 치며 분위기를 돋우었다.

"두 둥둥 둥 둥둥 둥"

열 살배기 소년이 장단에 맞추어 고개를 건들거리며 북을 쳤다. 북채를 휘어잡고 볼우물을 실룩대며 창을 하는데 북 네 개를 돌아가며 치는 품이 놀라웠다. 글도 모르는 여섯 살 때에도 극장에서 세 시간에 걸쳐 흥보가를 완창할 만큼 국악에 뛰어난 소질을 지녔다는 유군은 혼신을 다하는 듯 보였다. 어머니가 태교로 사물놀이 같은 음악을 수시로 들려주었다는 소년은 신들린 듯 눈을 떴다 감았다 하며 창을 했다.

그날 유군이 연주한 비나리는 '상생(相生)'이라는 판소리였다. 액풀이의 방법으로 집안이 무고하고 기후가 순풍하여 풍년이 들고, 병충해도 없을 뿐더러 가축들도 무사하고, 객지에 나간 이들이 모두 무사 건강하길 비는 내용이었다.

지난달 동창회장이 우리 곁을 떠났다. 동창회를 하기 전에 애도하는 묵념과 트럼펫으로 연주하는 진혼곡을 들어서인지 나로서는 비나리가 그분의 명복을 비는 추모음악처럼 들렸다.

맨 앞줄에 앉았는데 그 아이가 "비나이다, 비나이다"라고 반복하는 대목에서는 인자했던 그분이 떠올라 나도 모르게 눈물이 나왔다. 천천히 숨도 쉬지 않고 중얼거리는 부분은 구성졌다. 상여가 나가면서 흔들어대는 요령처럼 구슬프게 들렸다.

그날에서야 북이 다른 악기에 비해 솔직하다는 걸 발견했다. 우직하게 보이기는 해도 슬픔이나 기쁨을 감추지 않고 그대로 표현하는 자연스러움. 소년의 티 없이 맑은 연주가 멈춰있던 내 마음의 북까지 치고 있었다.

이튿날 아침, 우리는 진안군에 있는 마이산(馬耳山)으로 갔다. 마이산은 금강과 섬진강의 분수를 이루는 곳에 있다. 말의 귀를 닮았다 해서 양쪽에 솟아있는 봉우리를 암마이봉과 수마이봉이라고 한다. 이 부부봉은 궁둥이가 붙어 있는데, 수마이봉은 꼿꼿하게 서 있어서 오를 수가 없고 암마이봉은 몸을 낮추고 있어 오를 수 있다고 하여 시도하기로 했다.

일행은 약수터에서 목을 축인 후 암마이봉을 넘었다. 5월의 연초록 나뭇잎들과 줄사철나무, 늦게 핀 작약이 미미한 향을 뿜어내고 있었다.

부봉(父峯)과 모봉(母峯)의 얼굴쯤에 있는 은수사(銀水寺)에 닿았다. 그 절 언덕에는 큰북을 매달아 놓은 집이 있는데 칠도 하지 않은 북이 소박했다. 은수사의 스님 말씀에 의하면 20여 년 전에 수소와 암소의 가죽으로 북을 만들었는데 지름이 여섯 자 네 치가 넘는 국내에서 최대의 법고라고 한다. 사람이 많이 다니는 곳에 우선 놓아두었으나 곧 문화재 박물관으로 옮길 거란다.

"천고뢰보살 타고심청간(天鼓雷菩薩 打鼓心淸看)" 북 집 앞 팻말 첫머리에 적혀 있는 구절이다. 천고뢰음(天鼓雷音)은 하늘의 찬 기운과 땅의 더운 기운이 만나서 일어나는 자연전기와 우주의 천체가 움직이는 소리라고 한다. 타고심청간(打鼓心淸看)은 북을 치면서 자신의 마음이 맑은가를 본다는 뜻이다.

불가에서는 사람의 육체는 지수화풍(地水火風)의 네 가지 원소로 만들어졌다고 하는데, 그 네 가지가 조화를 이룬다는 이치이다. 입으로 먹는 물과 음식은 배설물이 되어 흙으로 돌아가고, 숨을 쉴 때 산소가 코로 들어가 숨을 참았다가 뱉으면서 전기가 발생하여 따뜻한 공기를 내놓는다. 이를테면 북을 치면서 공기와 기가 조화를 이루어야만 생명체가 에너지를 갖게 된다는 원리이다.

그러기에 북을 치면 심신이 진정된다고 했던가. 일행 중 여자들은 무심했고 남자들만 장난삼아 북을 쳤는데 나는 꼭 북을 쳐보리라 작심했다. 어디에서 힘이 나왔는지 정신을 가다듬어 기를 쓰고 쳤다.

"두~ 둥둥"

북을 먼저 치고 언덕을 내려가던 남편이 '앵콜' 한다. 남편이 직장일로 우울해 있었는데 다소 해소되었던가 보다. 남편으로부터 그 앙코르를 들으니 앞으로는 일이 잘 풀릴 예감이 들었다. 다정한 부부란 앙코르를 주고받으며 사는 걸 텐데 나부터도 왜 그 말에 인색했을까.

가파른 절벽에서 내려와 암마이봉 끝자락에 세워진 탑사(塔寺)에 들렀다. 절 꼭대기에 세워진 돌탑 옆에 앉으니, 어머니 곁에 앉아 있는 듯 안정이 되었다. 북을 칠 때 답답함을 거두어 갔는지 이상하리만치 편안해지고 아늑했다.

탑사에서 내려오는 길에는 쉼터가 있었다. 부부봉을 다녀가면 금실이 두터워진다고 해서일까 내외가 앉아 대화를 나누는 일행들의 정경이 오를 때와는 사뭇 달랐다.

성서에서는 우레와 큰 물소리는 하느님의 소리라고 했다. 나도 큰 북소리에 실려 내 속에서 꿈틀거리고 있는 욕심들이 떨어져나가길 바랐다. 나도 모르게 쌓아놓았던 앙금을 씻어내면 그곳에는 따스한 기운이 채워지지 않을까. 어떤 난관이 닥치더라도 이겨낼 각오만 되어 있다면 무엇이 두려우랴.

나는 그동안 성악에만 열심이었다. 북을 대수롭지 않게 여겼었는데 기회를 만들어 북 치는 법을 배워 신나게 쳤으면 한다. 내 노래가 북소리와 어울려 나오는 모습을 그려보면 흥이 나고 심장이 뛴다. 할머니가 되어서도 북을 친다면 '북 치는 할머니' 참 멋진 이름이다.

우리는 살아가면서 진짜 북을 칠 때도 있지만 때로는 마음의 북을 치기도 한다. 가죽으로 만든 북도 소중한데 마음의 북까지 친다면 그보다 즐겁고 재미있는 노후가 어디 있겠는가.

(2001년)

백인백색(百人百色)

김 원장 댁에 초대되어 갔다. 김 원장 부친의 칠순을 축하할 겸, 유학을 떠나는 딸에게 우리의 정서를 알게 하기 위하여 주선했다고 한다. 그는 의사지만 판소리에 조예가 깊었다. 대학 동기와 친지들 수십 명은 판소리에 빠져 시간 가는 줄 몰랐다.

한국무용의 무형문화재로 지정된 박○○ 여사는 칠순을 축하하는 뜻으로 춤을 추었고, 김 원장 부친을 위하여 가요 「물새야 우지 마라」를 장고에 맞추어 부르자 그의 눈길이 여간 흐뭇해 보이는 게 아니었다.

김 원장도 딸의 앞날을 기원하며 판소리 한 자락을 뽑았다. 손을 치켜 올리며 '저 달이 떴다 지도록' 하는 대목에서 장구를 치던 채를 높이 올리면 소리꾼들이 '얼씨구' 하며 구음(口音)을 넣으니 분위기가 한층 살아났다.

김 원장의 판소리가 비록 중후함이나 기교가 떨어진다 하더라도 끝까지 외워 부르는 암기력은 놀라웠다. 그의 막내아들과 미국 연수를 떠났다가 막 도착한 장남은 옷도 갈아입지 않은 채 합석했다.

소리꾼이 선창을 하면 "아리 아리랑 쓰리 쓰리랑 아라리~가 났네." 부모와 같이 온 초등학생들까지 후렴을 따라서 불렀다. 명창들이 "이 내 말 좀 들어보소" 하면 "예ㅡ"라고 흥이 난 청중이 답을 한다.

남녀노소 불문하고 어깨가 절로 들먹여지는 한마당이었다. 더러는 마루에 앉고 식탁에 앉아 합창을 하니 잔치마당은 신바람이 났다. 거기에 떡이며 과일 등 푸짐하니 이 아니 좋은가.

그날 단가(短歌) 중에서 사철가와 춘향가의 몇 대목을 부른 김 명창의 목소리는 과연 일품이었다. 청중을 압도하는 듯 풍부한 성량으로 사랑가를 부를 때 둥글게 튀어나오는 소리가 특출했다. 그는 "오냐 춘향아 우지마라"의 대화창(對話唱)에서 사내대장부의 가슴 조이는 심정을 절절히 드러냈다. 그의 '아니리'도 만족스러웠지만, 중언부언하지 않은 성격묘사 또한 특이했다. 아니리는 판소리에서 '안이르기' 즉 표면이 아닌 내면의 이면(裏面) 상황을 장단 없이 말로 설명하는 대목이다.

춘향의 어머니 월매가 동헌으로 들어가 "춘향을 누가 낳단가, 이 궁둥이를 두었다가 논을 살까 밭을 살까 흔들 대로만 흔들어보자!"하며 궁둥이를 뒤로 빼는 대목에서는 흥이 증폭되어 절로 웃음을 자아내게 한다. 부채를 쥐고 앉았다 일어나며, 혹은 걸음을 옮기면서 하는 너름새(발림)도 멋스럽다. 또한 명창들이 고수와 하나가 되어 주거니 받거니 입과 손짓을 맞추어 연주하는 게 신기했다.

판소리의 발림(너름새)은 '다리를 벌리다'의 '벌림'이 전라도 방언으로 '발림'으로 변한 말로서, '너름새'와 같은 뜻으로 쓰인다. 이 발림은 창과 아니리로 못다 한 것을 연기로서 하는 소리 표현을 말한다.

나는 김 명창의 득음을 들으며 목에서 피가 나도록 갈고 닦은 목소리라는 걸 알기에 뭉클했다.

판소리는 창, 아니리, 너름새 이 세 요소가 잘 어울려야 비로소 격을 갖춘 것이라 명창은 이 세 가지를 고루 터득하여야만 한다.

'창(唱)'은 역중인물(役中人物)의 묘사를 표현 못 하면 광대의 장타령이 되기 쉽다. 또 2시간에서 6시간이 걸리는 완창(完唱)에 나오는 아니리는 휴식 효과를 주는데 너저분하면 그 기능을 잃고 만다. 아니리의 끝 음계와 창의 내두름(初發聲) 음계를 같게 하여 음을 잡아주어야 하는데 만일 아니리가 소리(唱)를 능가하면 짜임새를 잃는다고 한다. 거기에 더 갖추어야 할 요소는 '발림'이다. 탁월한 소리와 기교에 맞는 너름새가 있어야만 관객을 감동시킬 수 있고 사설(辭說)을 구체화할 수 있다.

이를테면, '높고 푸른 상상봉'이라는 대목에서 부채를 높이 들어야 하는데 내린다면 우습지 않은가. 판소리는 창과 아니리가 맞아도 발림과 조화되지 않으면 명창이 못 된다. 사설이 나올 때 발림도 서서히 시작하여야 하며 소리가 끝나면 발림도 끝맺음을 해야 한다.

명창이 되려면 백 번 천 번 연습하고 단련해야 한다고 했다. 일인 창을 하면서도 음성으로는 맡은 배역을 백인색(百人色)으로 표출해내야만 한다.

그 후 나는 밥을 먹다가도, 꽃에 물을 주다가도 "아리랑 응응으응~ 아라리~가 났네"의 후렴이 맴돌았다. 전화의 수화기를 들고 장단을 맞추다가 전화번호가 가물가물해서 헤매던 일도 있었다. 영화『서편제』에서 보았던, 아리랑을 부르며 언덕을 넘어가는 장면처럼 잠재웠던 서러움 덩어리들이 떠돌아다니는 듯했다. 새벽에 눈을 떠서 '아리 아리랑'이 떠오르면 괜히 가슴 한쪽이 찌르르르하면서 서글퍼지기도 하였다.

판소리를 우리 가족과 대비시켜 보았다. 창은 남편, 아니리는 나의 몫이며 너름새는 아이들이다. 성격과 의견이 다르지만, 판소리에서처럼 백인백색(百人百色)을 이해하고 받아들인다면 도량이 넓어지지 않을까.

명창이라면 창과 아니리, 발림을 잘 구사하여야 하는 것처럼 사회와 가정에서도 추임새를 넣듯 서로 치켜세우며 신바람 나는 판소리 한마당을 이루었으면 한다.

(2002년)

리듬의 즐거움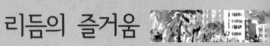

춤에는 희로애락이 배어 있다.
힘을 왕성하게도 하고 지친 이에게는 에너지를 불어넣어
생기가 나도록 한다. 비정상으로 바뀐 리듬을
정상으로 돌려놓기도 하고 무력감에 원기도 준다.
숨, 맥박 등도 그 리듬에서 잠깐이라도 이탈하면
생명에 문제가 생겼다는 신호이다.

리듬의 즐거움

춤사위가 리듬을 타고 빨라진다. 바다와 숲의 전망이 근사하다는 샹그릴라 막탄 리조트 야외식당에서 저녁을 먹으며 민속춤을 구경하였다. 필리핀 세부(Cebu)에서는 4개 지역의 민속춤들이 차례로 이어졌다. 그 중 음악에 맞춰 뛰면서 추는 티니클링(tinikling)이라는 춤이 있었다.

다리가 긴 새의 날갯짓을 흉내 낸 춤으로, 기다란 대나무 두 개를 양쪽 끝에서 한 명씩 잡고 좌우로 흔들어댄다. 딱딱 대나무가 부딪치며 그 사이로 무용수들이 모둠발로 민첩하고 정확하게 뛰는 율동이다.

더운 지방에서는 발 운동보다는 눈알이나 손가락을 중심으로 동작을 작게 하는 춤이 발달하였다. 반면에 러시아처럼 추운 지방에서는 발이 시리니까 탭댄스나 발끝을 세우는 발레가 생겨났다는 글을 읽었다.

그런데 필리핀처럼 더운 지방에서 하체를 빨리 움직이는 티니클링이 발달했다는 게 흥미로웠다. 필리핀을 여행하면서 이 민속춤을 다른 공연장에서도 구경하였다는데 궁금증이 따라다녔다.

이곳에서는 사람들이 보통 맨발로 다닌다. 더워서겠지만 갑자기 위험에 처했을 때 순발력도 발휘하고 뛰는 훈련이 되어 있어서 티니클링이라는 민속춤으로 발달했을 거라는 추측이다. 풀 섶의 가시나 나무의 그루터기에 찔리지 않도록 뛰어넘는다든지 뱀이나 짐승, 독충에 물리지 않으려는 보호본능에 의한 훈련이 아니었을까.

티니클링 춤이 무르익자 출연자들은 관객들을 단(壇) 위로 불러올려 함께 추었다. 우리 팀도 올라가서 춤을 추었는데 한국인 신혼부부들도 참여했다. 땀을 뻘뻘 흘리는 게 춤이라고는 볼 수 없고 모둠발 뛰기 놀이와 흡사했다. 나도 그들과 멋지게 뛰어볼까 했지만 쑥스러워 탁자 아래에서 모둠발로 뛰는 흉내만 냈다.

초등학교 다닐 때 즐겨했던 줄넘기와 고무줄놀이도 티니클링처럼 들어갔다 나갔다 걸리지 않게 뛰어야 한다. 고무줄놀이는 2/4박자나 4/4박자의 행진곡 풍이 많은데 첫 박자에 강음을 내며 뛰었다. 고무줄을 기둥에 묶어놓고 혼자서 하거나 편을 갈라 여럿이 하기도 하였다. 「나비야」「달마중」「산골짝의 다람쥐」 등의 노래에 맞춰 한 명이 남을 때까지 폴짝폴짝 고무줄 사이를 넘나들었다.

숙제를 못 했거나 부모님께 꾸지람을 들어도 친구들과 고무줄놀이를 하고 나면 금세 잊어버리곤 하였다. 돌이켜보니 그 당시

뛰는 행위는 단순한 놀이를 넘어 나름대로 생존하는 힘을 얻는 방법이었다.

나는 아기 때부터 흥이 많았다. 동네에서 풍물놀이라도 있는 날이면 어른들 틈에 끼어 어깨춤을 추곤 했다. 대여섯 살 무렵이었다. 농악대가 꽹과리와 징, 장구, 북을 신나게 치며 마을을 돌고 있었다. 나도 모르게 농악대를 따라가며 춤을 추었다. 징을 치던 아저씨가 나를 번쩍 안아 어깨에 올려놓았다. 무서운 줄도 모르고 아저씨의 어깨 위에서 농악대의 신명나는 장단에 두 손을 높이 쳐들고 덩실덩실 춤을 추었다. 동네 어른들로부터 춤을 잘 춘다는 칭찬을 들었지만 엄하기만 하셨던 아버지께 들은 호된 꾸중은 생각할수록 무섭다.

춤에는 희로애락이 배어 있다. 힘을 왕성하게도 하고 지친 이에게는 에너지를 불어넣어 생기가 나도록 한다. 비정상으로 바뀐 리듬을 정상으로 돌려놓기도 하고 무력감에 원기도 준다. 숨, 맥박 등도 그 리듬에서 잠깐이라도 이탈하면 생명에 문제가 생겼다는 신호이다.

요즘도 집안에 생기가 떨어진 듯한 날은 징 치는 아저씨가 목말을 태우고 농악대에 맞춰 나와 춤추던 유년으로 돌아가 덩실덩실 어깨를 들썩거려본다.

(2005년)

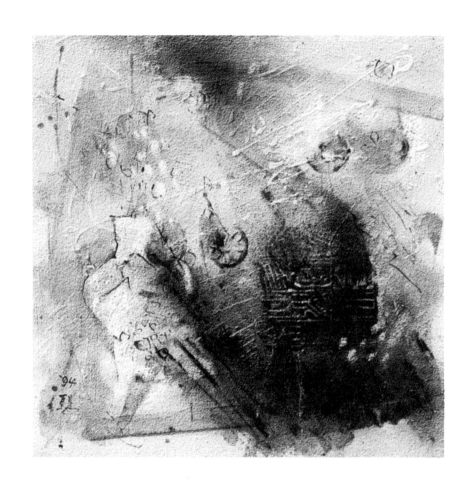

현아가 차 대접을 한다고 주방으로 가기에
나도 따라 들어가다가 벽에 붙여놓은 글귀를 무심코 보는 순간
눈시울이 뜨거워졌다. 큰 글씨로 또박또박 적은
'주의 기도'가 잘 보이는 곳에 붙여져 있었다.

강아지와 고양이 사이

필리핀의 세부(Cebu)에 간 날은 사순절 기간의 주말이었다. 주일 새벽, 미사 직전에 유원지에서 멀지 않은 막탄성당을 둘러보았다.

성당은 출입문도 없고 시멘트벽 대신 가느다란 철근으로 울타리처럼 듬성듬성 박아 놓았다. 누구든지 쉽게 들어오도록 하기 위함이고 외국인들도 받아들이겠다는 뜻이 아닌가.

맨 앞줄에 앉았다. 낯선 이들뿐이지만 첫 대면부터 친근감이 들었고 성스러워 숙연해졌다.

'세부'는 더운 지방이면서 언뜻 보기에도 쇠락한 마을이었다. 성당을 갈 때도 맨발에 샌들을 신을 정도로 생활이 넉넉하지 않다고 들었는데, 그들의 표정은 꾸밈이 없었고 한가로워 보였다. 울타리로 박아놓은 철근 사이사이로는 이른 시간인데도 여인들이 옛날 우리 어머니들처럼 물동이를 이고 지나가고 있었다. 인가에서는 수탉이 길게 목청을 뽑아 새벽 마을을 깨우고 들어보지 못했던 새소리는 음악처럼 들려왔다.

참새들이 제집처럼 성당 안으로 들어와 날아다니고 아기예수상 위에서 짹짹대도 누구 하나 내쫓으려고 하지 않았다. 만약 시멘트로 담을 둘러쳤더라면 행인들도 볼 수 없었을 텐데, 자연의 소리와 사순절성가가 가슴속에 스며들었다.

얼마 만에 누려보는 호사인가. 우리나라에서는 훨씬 쾌적하고 불편함이 없건만 왜 나의 못마땅함은 줄어들지 않았을까. 미사는 조용하면서도 진지하게 진행되었다. 끝나고 한 시간이 넘도록 공지사항이 이어졌지만, 타국 같지 않은 푸근함에 지루하지 않았다. 또 어른을 따라온 아이들은 여기저기에서 북적거리고 시끄러운데도 신부님은 찡그리거나 귀찮은 기색도 없이 정성을 다하여 한 명 한 명 머리를 쓰다듬으면서 축복해주었다.

나를 더 놀라게 한 광경은 성당 한쪽을 칸막이로 막아서 천장도 없는 곳에 문발만 드리워지게 만든 고백소와 그 앞에 앉아 있는 강아지와 고양이의 거동이었다. 방음이 안 되어도 상관없는 듯 고백소 안으로 들어가는데 입구에는 강아지와 고양이도 할 말이 있는 것처럼 눈을 껌벅이며 있었다.

예상 못 했던 일이라 한 교우에게 강아지와 고양이에 대해서 물어보았더니, 아무 때나 성당을 드나들기는 하는데 주일에는 저들도 고백할 게 있는지 고백소 앞으로 가 있다고 했다.

그 말을 듣고부터는 고양이와 강아지가 동물이 아닌 신자로 보였다. 먹을거리도 없는 성당을 제멋대로 드나들었다면 뭔가 고백할 사연이 있어서일 거라고 여겨졌다. 이 땅에 있으면서 죄 짓지 않는 동물이 있을까. 이 강아지들은 현관에 놓여 있는 신발을 물어뜯었거나 참새를 잡아먹으려고 괴롭혔을지도 모르지 않는가. 고양이 역시 강아지와 몰려다니면서 성당 꽃밭에 갓 피어나는 꽃들을 깔아뭉개지 않았겠는가.

우리나라에서는 고양이와 강아지 사이는 좋지 않다고 말들 하는데 둘이 다정하게 앉아 있는 천연덕스러움은 신부님의 강론만큼 큰 감명을 받았다. 두 동물도 처음부터 다정하지는 않았다고 본다. 티격태격하면서 정이 들었고 잘 지내게 되지 않았을까.

나는 친하게 지내는 그들을 보면서 심하게 다투고 나서 소식을 끊고 지내야 했던 현아를 떠올렸다. 그리고 필리핀에서 돌아와 현아를 찾아갔다. 현아는 손아래지만 언니처럼 나를 챙겨주었고 친척이면서 친구 같았다. 동창들이 현아의 소식을 내게 물을 정도였는데 언제부터인지 현아가 나를 피하는 게 나로 인하여 생겨났음을 듣게 되었다. 고의로 현아를 힘들게 하지는 않았다고 하더라도 결과가 그렇다면 내 책임이 아닌가.

나는 괴로워 사과를 하려고 찾아갔지만 현관에서 거절당하고 말았다. 더 서운했던 건 현아네 대문 밖 계단에서 내가 넘어진 걸 보면서도 문을 닫았을 때는 서운하여 다시는 찾지 않으려고 했다. 화해를 청하는데 번번이 돌려보내는 그녀를 찾아가기란 비참하도록 싫었는데, 하느님께서는 나와 함께 계시다는 믿음을 주었고 찾아가는 용기를 갖게 했다. 성인성녀들과 순교자들, 성모님과 요셉성인과 천사들을 찾으며 기도했고 그녀의 집 대문을 두

드렸다. 그 후로도 현아는 쌀쌀했지만 진심으로 기도하면서 찾아
갔다.

신부님이 화해할 일이 있으면 사순절 기간에 꼭 풀라고 하시더
니, 이번에는 그녀에게도 통했는지 나를 말없이 쳐다보면서 부드
러운 눈길로 편하게 앉으라고 했다. 현아가 차 대접을 한다고 주
방으로 가기에 나도 따라 들어가다가 벽에 붙여놓은 글귀를 무심
코 보는 순간 눈시울이 뜨거워졌다. 큰 글씨로 또박또박 적은 '주
의 기도'가 잘 보이는 곳에 붙여져 있었다. 성당에 나가자고 해도
내가 미워서 다니지 않겠다고 어깃장을 놓더니 현아는 딴사람이
되어 있었다. '저희에게 잘못한 이를 저희가 용서하듯이 저의 죄
를 용서하시고'에서 그만 눈물을 흘리고 말았다. 좀 더 일찍 화해
하지 못한 나 자신을 질책하면서도 나의 옹졸함을 덮어주고 성당
의 예비교리를 받고 있는 현아가 고마웠다.

현아와 나는 오랜만에 필리핀 막탄성당의 고백소 앞에서 본 고
양이와 강아지처럼 의좋게 마주보며 그동안 밀린 이야기꽃을 피
웠다.

(2005년)

하나가 모자라는 미완성

남편의 회갑기념으로 친구들과 백도(白島)에 가는 날이다. 여수행 기차에 오르자 일행은 소풍을 가는 아이들처럼 기뻐한다. 여수에서 거문도를 거쳐 뱃길로 한 시간 남짓 가면 자그마한 섬 백도에 닿는다.

백도의 전설은 옥황상제의 아들과 용왕의 딸이 연심을 품게 되자, 상제가 벌을 내려 아들과 신하들을 바위로 만들었다는 곳이다. 섬의 숫자가 99개여서, 일백 백(百)자에 한 획을 떼어내고 흰 백(白)자를 쓴다고 한다. 나이에서도 99세를 백수(白壽)라고 하는데, 흰색은 잡귀를 물리치는 신성하고 품위 있는 색깔로 여긴다. 흰 섬인 백도도 그와 무관하지 않다고 본다.

백도는 상(上)백도와 하(下)백도로 나누어져 수십 개의 무인군도가 옹기종기 마을을 이루었다. 병풍바위는 수백만 개의 합죽선을 이어붙인 부채속의 그림을 보는 듯하다. 채우기보다는 비우기를 원하여 여백을 강조하는 선면화(扇面畵:부채그림)로서 우아하게 보였다. 터널바위 사이로 배가 들어갔다. 멀리서는 손이 닿을 듯 보였는데 막상 다가가니 간격이 넓고 높은 바위였다.

하백도에 살던 상제의 아들이 바위로 변했다는 서방바위, 앞에서는 남자상이지만 바위 뒤편으로는 아리따운 여인이 어서 오라고 손을 흔드는 상이다. 수천수만 년을 다른 모습으로 서 있었을 서방바위가 된 상제의 아들과 용왕의 딸, 바닷물에 정강이까지 담그고 있어서 여름에는 시원하겠지만, 한겨울에는 얼지 않을까. 영원히 합칠 수 없는 두 연인의 염정(艶情)도 측은하나, 언제까지나 손을 흔들며 서로 지켜보는 것도 그들만의 사랑법이 아니겠는가.

백도 근방에는 사고가 나지 않는다고 해서 이곳의 어부들은 바위산을 신성한 영산이라고 부른다. 아들과 신하들을 잃은 상제가 비록 벌은 내렸지만 그들을 가엽게 여겨 늘 주변을 지켜주고 있다는 말도 있는데 사실인가 보다. 바위에 찰랑대는 흰 물살은 용왕의 따스한 손길 같은데 신선 이외 어느 잡귀인들 접근할 수 있으랴.

배가 유럽의 성(城)을 닮은 궁성바위의 뒤로 돌아가면 긴 머리칼의 여인이 피아노를 치는 생김새여서 피아노바위라고 부르는데, 해가 질 즈음에는 기다란 지팡이를 짚고 서서 인자한 웃음을 가득 담은 얼굴의 미륵바위가 된다. 나다니엘 호돈의 작품 「큰 바위 얼굴」을 연상하게 하는 석불바위로 석양이 비껴갈 때는 여기저기에서 감탄사가 터져 나왔다.

하늘인지 바다인지 분간되지 않는 수평선을 바라보다가 문득 백도의 바위들이 파란 무대 위의 교향악단처럼 보였다. 석불은 짚고 있던 지팡이가 지휘봉이 되어 지휘자로 마땅할 것 같고, 조화로운 음을 연출할 자세 그대로이다. 연주회는 아침에 열리는 게 좋겠다. 병풍바위를 무대로 하고 햇빛의 반짝거림을 조명으로 대신할 만하다. 갈매기들을 솔리스트로 뽑아 특별출연을 하도록 하면 제격이겠다. 제1부는 교향악을 연주하고, 제2부에서는 규모가 큰 합창제를 열어도 손색이 없겠다.

지휘자인 석불은 이곳을 찾는 이들에게 슬픔, 분노, 절망이 아닌 환희와 복됨을 선사하고 자유자재로 조절되는 긴장감과 안정감으로 때론 예리하면서도 따스한 자연의 소리로 다가가리라.

우리 집과 비교하면 석불은 남편이다. 결혼생활 수십 년이 넘도록 괴로움을 삭여주는 연주자 노릇을 하지 않았던가. 어쩌면 석불보다 큰 자애로움으로 집안을 추슬러왔다고 본다.

바다 구경을 오랜만에 해서인지 남편도 백도의 신비함에 넋을 잃었다고 한다. 남편의 회갑에 백도를 찾은 건 어떤 여행에 비할수가 없다. 회갑은 제2의 인생이라는 말처럼 우린 백도에서 시작의 의미를 안고 왔다.

갑자기 석불바위의 지휘봉이 힘차게 들리면서 슈베르트의 「미완성 교향곡」을 연주하고 있는 듯했다. 내 머릿속은 "딴딴딴딴 따아딴딴…" 반복되는 멜로디로 출렁였다. 바람과 파도의 흐느적거림이 음악에 녹아내린다. 단조의 구슬픈 음조와 첼로, 그리고 유연한 가락이 흐른다.

제3악장을 쓰다 말고, 제2악장만 완성했던 슈베르트는 이 두

개 악장에서 이미 하려고 했던 말, 읊고 싶은 음률을 다 토해내지 않았을까. 미완성이면서도 미완성이 아닌 슈베르트의 교향곡 제8번 「미완성」은 계속 나의 뇌리에 파고들고 있었다.

숙소로 돌아온 남편의 친구들은 회갑이란 60을 제로(0)로 환산하여 거꾸로 한 살이 되는 거라고 했다. 그러나 60이란 꽉 찬 숫자가 아닐는지. 남편은 의사로서 환자를 돌보지 않고 기초의학의 연구에만 몰두했던 게 아쉽다고 하면서 비록 목표에 닿지는 못했을지라도 열심히 달려왔다고 털어놓았다. 어렵고 미진했던 날들은 다 날려 보내고 새로 한 살이 되어 태어나니 감개무량하다고 하였다. 그런 말을 하는 남편에게 그동안 짜증냈던 일들이 후회로 몰려왔다.

밤바다에 나가서 반성하며 감사의 기도를 드리고 들어와 보니, 낮에 멀미를 한 탓인지 남편은 잠들어 있었다. 한참을 바라보고 있자니 코끝이 시큰하면서 가여웠다.

늘 하나가 모자라는 듯한 나는, 한 개가 모자라서 백도(百島)가 되지 못한 섬에서 자연이 들려주는 「미완성 교향곡」을 겸허하게 감상하며 돌아오는 배에 올랐다. 새로 한 살 된 남편과.

(2002년)

구름을 벗 삼아

필리핀 막탄섬에 도착한 다음날이 일요일이었다. 남편과 막탄 성당 미사에 참석하였다. 외국여행을 하면서 미사에 참여해 봤어도 성가대에서 기타로 반주하는 건 처음 보는 일이라 이색적이었다.

보통 미사 예절(禮節)은 한 시간이면 족한데 이곳은 두 시간이 넘게 걸린다. 성서를 읽는 독서자와 신부님이 기타 반주에 맞추어 다섯 차례나 번갈아가며 성가를 불렀다. 사순절 기간이라서 성가는 느리면서도 애잔하였다.

더운 지방이라 성당은 지붕을 받치는 기둥만 있을 뿐 벽도 출입문도 없이 사방이 트였다. 새들이 제집인 양 들락거리고 있었다. 수탉이 우는소리와 바람에 스치는 나뭇잎 등이 성가와 합쳐져 절묘한 하모니를 만들어냈다. 그날 자연과 일체를 이루어 미사를 드렸더니 끓여왔던 울분이 스러지고 평안함이 찾아왔다.

점심을 먹으러 들른 식당은 바다 위에 쇠파이프를 박아 지은 건물이었다. 바닥은 대나무로 엮었는데 그 사이로 출렁거리는 바닷물이 보였다. 새우, 게, 가재, 전복 등 싱싱한 해산물이 풍요로웠다. 자연 수족관인 셈이다.

일행은 시장했던 참이어서 차려진 음식을 먹느라 여념이 없었다. 중년의 남자가수가 테이블로 오더니 흘러간 팝송 박일준의 '아가씨'를 불러주는 게 아닌가. '아가씨, 날 봐요. 나만을 사랑한다고 말해요.'라며 경쾌하게 불렀다. 필리핀 가수들은 청각이 뛰어나서 악보 없이 무슨 곡이든 소화한다더니 과연 달랐다. 기타 솜씨도 제법이었다. 음성에도 힘이 있고 구성졌다. 기타 줄을 신명나게 퉁기는 손놀림과 정확한 음감에 푹 빠져 식사도 제대로 하지 못할 지경이었다.

요번 여행은 남편의 대학동창 부부모임이었는데 필리핀 호텔에는 호텔전속악사들이 등장하였다. 네 명의 기타리스트가 각기 다른 크기의 기타를 들고 개성 있는 연주를 하였는데 우리 가요도 불렀다.

막탄섬에서는 장난감 기타부터 여러 종류의 기타들을 길거리에서 팔았다. 열대지방에서는 추운 지방에 비해 긴장을 하지 않아도 되어 열렬하며 낙천주의자가 많다. 특히 필리핀에는 자연 속에서 얻는 먹을거리가 흔하다 보니 서민들도 기타를 칠 수 있는 여유로 발전했으리라.

호텔의 정원 감독에게 기타에 대해 물어보았다. 필리핀에서는 리랑스 기타(Leelan's Guitar)가 유명한데 이 섬에서 제작된다고 한다. 잭프루트(JackFruit)라는 나무로 만드는데 그 호텔리조트에도 있다고 했다.

잭프루트는 노란 빛깔을 띤 아름드리 줄기에 오동나무열매 같은 게 무수히 달려 있었다. 수박 퉁기듯 나무를 두드리니 울리면서 맑은 소리가 났다. 커다란 나무줄기를 만져보았다. 어쩌면 그렇게 큰 나무가 섬세한 기타로 만들어질 수 있는지 신기해서 나무 곁을 떠날 수가 없었다. 안내원 말이 필리핀인은 손끝이 여물어서 기타도 쉽게 만들고 연주에도 능숙하단다.

기타는 생산비가 적게 들어서 가격이 싸고 보급이 쉽다. 크기가 작아 휴대하기도 간편하다. 현악기 중에서도 자유로운 표현을 할 수 있고 화음이 잘되는 악기이다. 기타는 대중의 악기이다. 아마추어가 쳐도 듣기에 즐겁고 일에 매달리다가도 부담 없이 다룰 수가 있어서이다. 슈베르트도 가난한 시절에는 피아노가 없어 기타로 작곡하였다고 하지 않은가.

스페인에 갔을 때였다. 유학생인 안내원이 클래식기타를 가지고 다니며 '알람브라 궁전(Alhambra 宮殿)의 추억'을 들려주곤 했다. 지중해 연안을 끼고 달리는 차 안에서 간간이 들었던 전 후반에 걸친 트레몰로의 떨리는 음은 나를 사로잡았다. 그 곡은 알람브라궁 정원의 분수들이 내뿜는 물방울을 연상하게 했지만, 슬픔과 서정이 짙어 제자인 콘차 부인과의 사랑과 실연도 상상되었다.

알람브라궁은 스페인의 남부 안달루시아 주 그라나다에 있는데, 그라나다는 십자군과 싸우던 사라센의 마지막 요새였다.

현대 기타 음의 개척자로 불리는 프란시스코 타레가(Fransisco

Tarrega 1852~1909)는 알람브라궁을 구경하고 감명을 받아 작곡하였다 한다.

스페인 여행을 하고 돌아와서도 안내자가 치던 기타 음이 맴돌아 기타를 배우려고 학원에 등록했다. 30대였는데 아무래도 아이들에게 소홀해질 듯하여 중도에 그만두었다. 나의 학창시절, 이웃에 사는 남학생이 한 여학생에게 반하여 날마다 옥상에 올라가 기타로 세레나데를 불러댔는데 둘 다 대학에 들어가지 못했다. 사춘기에 접어들었다고 다 그렇지는 않겠지만 내 아이들도 기타음에 빠질까 지레 겁이 났다. 그때는 안팎으로 제약을 받았으나 더 늦기 전에 기타를 배우고 싶은 마음에는 변함이 없다. 막탄성당에서 들었던 것처럼 내가 아는 사람들의 영적인 짐을 덜어주는 영가를 기타에 맞추어 부르려고 한다.

또 하나는 고급의 재료로 견고하게 만들어진 기타 하나쯤 갖기를 원한다. 기타는 음이 크면 거칠고 섬세하게 분리되지 않는다. 또 낮은음이 잘 나오면 높은음이 원하는 음으로 나오지 않는다. 결국 바이올린은 켜는 사람이 음정 연습을 하여 바른 음을 만들어내지만 기타의 음은 악기 제조자에 의해 달려있어서이다.

국내 가수 중 S 가수는 피리 부는 사나이가 되어 언제나 웃는 멋쟁이가 되겠다고 한다. 나 또한 기타 치는 여인이 되어 구름을 벗 삼아 바람처럼 다니며 노래 애호가들과 사랑의 세레나데를 부르고 싶다.

(2004년)

목청을 간질이는 악보

　필리핀 여행 중에 가장 오래되었다는 바클라욘 성당(Baclayon Church)에 들렀다. 타그빌라란(Tagbilaran)에서 6km 정도 떨어진 곳에 있는데, 4백여 년 동안 잦은 외세의 침입에도 본래의 모습이 손상되지 않은 채 우뚝 서 있었다.

　낡은 성당 안에 들어서니 고즈넉한 공기가 안정되고 부드럽게 해주었다. 사방 벽마다 성인 성녀상이 빼곡히 세워져 있었는데 유구한 세월의 무게로 변색된 색감이 은은하게 살아 움직이는 듯했다. 성당에 오는 사람들은 거의 흰옷 차림이었고 금으로 된 화려한 장신구를 지녔다. 성가가 고요하게 흘러나왔는데 평소에 애창하는 곡이어서 따라 불렀다.

　성당 옆 건물 2층은 박물관이었다. 스페인 통치시대의 자료와 종교와 관계되는 귀중품들과 낡은 오르간·북·북채·확성기·나무십자가 등이 소박하게 전시되어 있었다. 특히 시선을 끈 물건은 동물의 가죽에 라틴어로 새겨진 성가악보로 16C에 사용했다는 귀중한 유물이었다.

종이 전지 크기만 한 가죽에 음표가 20cm 정도로 크게 그려져 있었다. 어떤 동물의 가죽일까도 궁금했지만, 가죽에 성스러운 악보를 만들었다는 데에 놀라움을 감추지 못했다.

마욘 화산의 그림엽서에 물장난을 치던 물소의 가죽일까. 흑등고래가죽으로 악기를 만들면 현악기의 줄이 잘 끊어지지 않고 오래간다고 하였는데, 혹시 보홀 근방에 있는 파밀라칸 섬에 서식한다는 흑등고래의 가죽이 아닐까.

고래 중에서 흑등고래(humpback whale)는 다양한 음성을 내는데 번식기에는 소가 새끼를 부르는 듯한 소리와 늑대나 나팔소리도 낸다. 또한 그 소리가 매우 커서 주변의 물고기들이 기절을 하며 수백 km의 뭍에까지 들린다고 한다. 내가 큰소리로 노래를 하는 경우는 머릿속이 복잡할 때인데, 수컷 흑등고래는 번식기에 구애의 신호로 애절하게 짝을 부른다니 멋지지 않은가.

나는 죽으면 과연 무엇으로 기억될 수 있을까. 보통사람으로 살면서 사회에 명성을 남길 리 없을 테니 따스한 사람이었다는 말이라도 듣길 원한다.

필리핀인들이 노래를 일상화한 것은 그들의 민족성에 음악의 유전인자가 있기도 하겠지만, 날씨의 영향도 받지 않았을까 한다. 일 년 내내 피어 있는 꽃과 나무 열매, 아름다운 풍경을 보며 노래를 부르는 정서가 저절로 만들어졌다고 믿어서이다.

덧붙여 음악을 사랑하고 오래 보존하려는 심성을 가졌기에 동물의 가죽에까지 성가의 악보를 새겼던 게 아니었을까. 이는 그들에게 믿음과 음악이 소중하다는 걸 보여주는 한 예이다. 가죽악보를 통해 이 성당에서 악보를 귀하게 여기고 왜 긴 세월 간직하고 있었는지를 엿볼 수 있었다.

종이가 없던 시대에는 동물의 가죽에 기록을 하였다고 한다. BC 11세기부터 나일 강 연안에 서식하는 갈대의 일종인 파피루스에 성서 사본을 기록하였고, BC 2세기말 경부터는 송아지가죽과 양가죽으로 대용되었다고 한다. 프랑스의 발레모음곡「코펠리아」제2막에서 인형작가인 코펠리우스가 마법주문이 들어 있는 가죽 책을 꺼내오는 장면이 나온다. 종이도 책도 귀하던 시절엔 손으로 한장 한장 낱장을 꿰매어 가죽으로 표지를 씌워서 대대로 보존하려고 정성을 기울였을 것이다.

다음날 로복강에서 배를 타고 작은 폭포로 가는 중이었다. 선주팀은 감미롭게 노래를 불러주었다. 일행인 필리핀 청년들도 노래와 춤으로 신바람이 났는지 그 실력이 수준급이었다. 이 지방에는 탁월한 음악가와 예술인이 많고 로복성당 소년소녀합창단은 명성이 높다고 한다.

2시간이 넘도록 배를 타고 도착한 작은 폭포에는 세계에서 제일 작은 원숭이들이 구경거리였다. 그 크기가 담뱃갑 만한데 눈만 커다랗게 붙어 있었다. 나는 원숭이보다 선상에서 흘러나오는 음악과 향연, 강가의 풍경에 더 넋을 빼앗겼다. 나에게도 한곡 부르라고 해서 우리나라 민요 '아리랑'을 불렀다.

동남아 어딜 가도 필리핀인들이 노래를 부르고 있으며, 국내의 호텔에도 필리핀인 가수들의 출연이 낯설지 않다. 이는 그들이 노래를 즐겨하는 민족성이라는 걸 보여주는 예이다.

섬나라의 바닷바람을 반주삼아 목청껏 노랫가락을 뽑아내고 나면 온갖 시름이 씻어지고 지루함과 근심도 잠재울 수 있지 않을까. 음악은 일상에서 뛰어넘을 수 있는 힘을 준다는 걸 깨달았기 때문이다.

언젠가 서해안에서 오징어잡이였던 어부들과 말을 할 기회가 있었다. 이십 대부터 배를 탔다는 그들은 오징어가 잘 잡히면 새벽까지 그물을 들어 올리느라 딴생각할 겨를이 없지만 고기가 잡히지 않을 때나 쏟아지는 잠을 물리치려면 뱃머리에 서서 노래가 바닥이 나도록 불렀다고 한다. 밤의 정적을 뚫고 흔들리는 배의 리듬에 맞춰 부르면 졸음도 달아나고 속상함도 사라진다고 했다.

나는 음악이 취미다. 로복강의 선원들처럼, 시름이 있을 때나 위로가 필요할 때 아리랑도 부르고 '살짜기 옵서예'도 부른다. 그리고 언짢음을 회복시켜주는 성가도 부른다. 지금도 로복강을 연상하면 고래가 물을 분수처럼 시원하게 뿜어 올리는 모습이 떠오르고, 커다란 가죽악보가 성큼성큼 걸어와서 내 목청을 울리라고 간질인다.

(2005년)

젊음이 이어지는 길

작은딸의 친구 엄마가 동인지를 냈다며 한 권 보내주었다. 더러 시장에서 만나면 장바구니를 내려놓고 수다를 떠는 사이였는데, 활짝 웃는 그녀의 사진이 실린 글을 읽고 자극을 받았다. 나와 비슷한 처지에 있는 그도 책을 냈는데 나는 살림 외에는 내세울 게 없어 긴장되었다.

친구는 내 속내를 읽었는지 경희대학교의 사회교육원에 수필 강좌가 신설되었다고 하니 같이 가자고 한다. 장성하면 '노천명처럼 유명한 여류작가가 되라'던 아버님의 말씀이 떠올랐다. 그러지 않아도 문학의 길로 들어설 기회가 없나 하던 중이라 일단 등록을 했다.

등록을 하던 첫해는 오십견으로 통증이 심했다. 남들이 할 때는 쉽게 보였는데 습작은 만만치 않았다. 병원에 가도 별로 효과가 없었는데, 강의를 거듭해 듣다 보니 통증이 시나브로 사라졌고 허약했던 몸도 회복되었다.

교수님은 200자 원고지에 열다섯 장 내외로 쓰라는데 나는 매번 오십 장을 넘겼다. 참아왔던 말들이 마구 쏟아져 나왔다. 남들은 원고지 너더댓 장을 쓰고 나면 쓸거리가 없다고 하는데 나는 열다섯 장으로 줄이느라 잠을 못 잤다. 겨우 써서 교수님께 가져가면 앞뒤가 맞지 않고 주제가 통일되지 않았다고 야단을 치셨다. 때로는 눈물이 나오도록 꾸중을 듣기도 했다. 글을 늘어놓는 버릇을 고치고 수식어나 학식을 뽐내는 말은 빼라고 하셨다.

질서 없이 키워놓기만 한 문장인데 가지치기하려고 하면 아까웠다. 어질러 놓은 살림을 어디에서부터 치워야 할지 모르는 허둥댐과 같았다. 글도 살림도 그대로 둘 수가 없었다. 누워있다가도 벌떡 일어나 치우고 쓰고 또 썼다. 신호등 앞에 잠깐 멈추어 섰을 때나 전화를 받다가도 문득 글의 실마리가 풀릴 때의 떨림은 소중했다.

교수님은 '수필은 재미와 개성이 있어야 한다. 작가의 눈으로 보고 느끼고 듣고 만질 수 있는 소재를 정확한 문장으로 묘사해야 한다. 잘못이 있다면 겸손하게 인정하며 철학이 들어가야만 한다. 수평 이전에 수직의 사고를 드러내야 하며 역사의식도 빼놓지 말라고.' 강조하셨다. 이해는 했으나 글로 표현할 때는 정말 힘들었다. 하지만 교수님이 충고하신 사상으로 수필을 쓴다면 낮은 곳과 도외시하기 쉬운 부분을 발견하여 관심도 갖게 될 테니 수필 쓰기에 매달려 볼만하지 않은가. 이보다 보람 있는 취미가 어디 있겠는가.

(1998년)

이색적인 결혼식

일본 고베에서 결혼 초대장이 왔다. 초대를 해준 이는 한국인 2세이며 남편과 절친한 친구인데 그의 아들이 일본여성과 결혼을 한다고 연락을 한 것이다.

나는 내 자식들이 결혼 적령기가 되었기에 우리나라의 결혼식에 가서도 눈여겨보았다. 그런데 이번에는 처음 보게 될 일본 결혼식이라 가는 동안 내가 신부인 양 설레기까지 했다.

결혼식은 호텔 안에 있는 교회에서 행해졌다. 주례는 스페인 목사가 일본어로 진행했다. 교회라서 찬송가를 부를 거라 여겼는데 성가인 「아베마리아」가 연주되었고 마지막에는 포크송인 「즐거운 나의 집」이 울려 퍼져 어리둥절했다. 예상치 못했던 광경이었다.

결혼식이 끝나고 테라스로 나갔다. 하객들은 꽃을 한 줌씩 받고 있는데 느닷없이 종루에서 종소리가 들려왔다. 그 소리에 맞춰 신랑 신부가 나왔고 우리도 꽃을 뿌리며 축복해 주었다.

피로연장으로 이동하여 우리는 이름표가 놓여 있는 테이블 앞에 앉았다. 옆에 앉은 신랑의 큰아버지는 고맙게도 통역을 해주었다.

일본에서는 결혼식장에 중매인이 꼭 참석해야 하는 게 특이했으며 피로연 주례와 증인의 역할까지 겸했다. 신랑 신부는 예식단에 앉아 있고 중매인이 앞으로 나가 신랑 신부의 성장 과정 등을 설명해주며 손님들을 즐겁게 해주었다. 이어서 신랑의 직장상사가 나와서 신랑 신부에게 유머를 섞어가며 기발한 질문을 하고 준비해온 영상물을 보여주었다.

오래 이어지는 질문에 스스럼없이 대답하는 신부가 다소 이지적으로 보였다. 또 다소곳한 우리나라 신부의 이미지와 다르게 그날의 신부는 말과 행동에 거리낌이 없었다. 자유로움도 나쁘지는 않으나 만약 내 딸이 그런다면 두말없이 말릴 것이다.

이번에는 신랑의 친구들이 나와서 신부에게 뭔가를 주면서 이걸 신랑에게 먹이면 강한 정력의 소유자가 될 거라고 하여 피로연장이 웃음바다가 되었다. 친구들도 의사이다 보니 획기적인 발상을 했나 보다.

피로연 중에 옷을 네 번 갈아입었는데 신부가 한복을 입고 나올 때는 박수갈채를 더 받았다. 마지막에는 신랑 신부가 커다란 초에 불을 붙였고 조명이 꺼지면서 두 개의 촛불만이 일렁이는 가운데 남녀 화동이 나와 꽃바구니를 건네주었다.

고대 일본의 결혼 풍속도는 아내 방문결혼과 왕래결혼이 성행했다고 한다. 아내방문결혼은 남자가 길에서나 사람들이 모인 곳에서 원하던 여자를 만나면 이름과 주소를 묻는다. 여자가 가르쳐 주면 밤에 찾아가 이름을 부르거나 노래를 하는데 문을 열어주면 결혼이 성립된다.

왕래결혼은 남자도 여자도 각자의 집에서 살지만 밤에 남자가 여자를 방문한다. 같이 살지 않고 밤에 여자를 찾았다가 다음날 낮에 돌아오는 식이다. 아이가 태어나면 여자가 맡고 남자는 왕래만 한다. 당시의 여자는 토지와 집을 어머니에게서 받아 경제에서는 독립을 한 상태다. 왕래하는 남자가 오지 않거나 여자가 문을 열어주지 않으면 자동이혼이 되니 재산을 나눌 필요도 없다. 여자가 재산이 있으므로 빈궁해지는 상황은 거의 일어나지 않는다.

이렇듯 일본의 결혼풍습은 원하는 상대를 받아들이거나 버릴 수 있는 자유연애의 결혼관이었다. 그러한 풍습이 일본여성들을 자유분방하게 한 건 아닐까 한다. 일찍 유럽의 문화를 받아들인 원인도 있을 테고, 남자와 여자의 직분을 뚜렷하게 구분하여 자식의 일을 여자가 맡아 하는 데서 오는 강하고 부지런해진 결과인지도 모른다.

부모님과 친지들 앞에서 중매인이 신랑 신부의 성장 과정을 밝힐 때 그들은 미래의 살림에 막중한 책임감을 갖지 않았을까. 신랑 신부가 하객들에게 각자의 철학과 계획을 피력하는 대목도 의미가 컸다.

하객들이 신랑 신부에게 격려와 축하를 맘껏 해주고, 앞으로 어떻게 살 것인지 등을 물어봄으로써 계획을 재확인하게 하는 면은 우리가 본받아도 괜찮지 않을까.

화목이란 노력과 꿈만으로 이루어지지는 않지만 하객들 앞에서 새 가정을 어떻게 가꿔나갈는지를 묻고 답하는 과정을 통해서 의무감과 소속감을 갖는 듯했다.

문화와 전통은 역사의 궤적을 쌓는 밑거름이 된다. 우리와 다른 일본의 결혼식에서 특히 신부의 숨김없는 성격이 귀여웠다.

우리나라의 결혼식은 의례적인 경향이 짙다. 결혼식을 끝까지 지켜보지 않고 돌아가거나 식당으로 가는 하객도 있다. 일본의 결혼풍습을 따라하자는 게 아니라 느긋하게 피로연을 즐기며 진심으로 축하해주면 한결 든든해하지 않을까.

내 자식들의 결혼도 다가온다. 다음 사람에게 쫓기어 끝나는 결혼식은 피하려고 한다. 우리나라의 전통을 살리되 신세대들도 환영할만한 결혼식으로 진행시키고 싶다.

(2007년)

교수님과 호랑나비

서정범 교수님 댁과 경희대학교는 우리 집과 이웃에 있다. 마침 경희대학교 사회교육원에 수필교실이 생기면서 나는 어렵지 않게 그 강좌에 나갔다.

교수님의 강의는 재미있었다. 어원까지 올라가 풀이해 주실 때는 덩달아 수준이 높아진 듯 우쭐해지기도 했다. 교수님을 예리하다고 말들 하지만 가을이면 낙엽을 주워 탁자에 올려놓고 한시(漢詩)를 읊어주시는 부드러운 면도 있었다. 낙엽 하나를 놓고도 생물시간에서처럼 자세하게, 탄소동화작용에서부터 노년의 심정까지 미루어 짐작하도록 도와주셨다.

등단작품인 「합창」에서는 합창이 나의 하루하루와 어떤 연관이 있는지 찾으라고 하셨다. 40여 년간 합창을 해왔으므로 신이 나서 썼다. 수직의 글을 써보려고 고전부터 현대에 이르기까지 수많은 책을 읽기도 했다. 약속시간까지 글을 고쳐가느라 계단을 뛰어오를 때는 등에서 진땀이 났다. 여름이면 교수회관 베란다에 책상과 의자를 내놓고 기다리셨다. 새들과 쓰르라미가 울던 언덕에서 불던 바람과 나뭇잎들의 비벼대는 소리에 땀이 식었다. 눈을 지그시 감고 글을 읽은 후에 왜 그런 글을 쓰게 되었는지 단박에 꿰뚫어 보시고는 날카로운 비판으로 핵심을 찔렀다.

수필 이론과 우리말의 어원을 곁들여 궁금증을 풀어주시던 교수님은 큰 스승이었다. 일본에 다녀와서 그 연세에 참신한 논문을 쓰시겠다는 데 존경스러웠다. 작가로 남고 싶다는 오기를 안겨주기도 했다. 대학원에 들어가려고 한다는 상의를 했더니 글이나 쓰지 웬 공부냐고 야단을 치셨다. 그 가르침대로 묵묵히 글이나 썼더라면 괜찮은 작가가 되어 책이라도 한 권 출간하여 보여드렸을 텐데 하는 뉘우침이 든다. 운동이든 뭐든 하기로 했으면 뿌리를 뽑아야 한다는 끈기와 지혜도 배웠다. 또 쩌렁쩌렁한 음성으로 강한 용기를 심어주시던 강의는 글의 밑거름이 되어주고 있다.

어느 날 『놓친 열차는 아름답다』의 원본을 주셔서 나는 뛸 듯이 기뻤다. 세로로 인쇄된 작은 글씨의 책을 확대 복사하여 문우들과 나누던 일은 행복한 시간이었다. 밑줄을 그으며 교수님의 글에 빠져들던 때가 새롭다. 「만파식적」이라는 작품 하나를 완성하려고 비행기로 경주에 몇 차례 다녀왔다는 경험을 들으며 나도 최선을 다하여 글을 써야겠다고 다짐하였다.

타고난 이야기꾼이며 학자였던 교수님의 말씀은 아버지처럼 구수했다. 돌이켜보면 내가 그렇게 큰 어른을 뵐 수 있었다는 게 놀랍다. 소심한 나에게 어떤 제약도 받지 말고 누구의 눈치도 보지 말며 자유로워져야 글을 쓸 수 있다고 강조하셨다.

"강 여사는 노래를 부를 때 완전히 딴 얼굴이 되니 맘껏 부르라" 하여 교수님과 함께하는 행사에서는 노래 부르는 걸 사양하지 않았다. 팔순잔치에는 정지용의 글을 노래로 만든 '향수'를 불렀다. 따님의 하프 반주에 맞추어 불렀더니 천진한 눈길로 바라보셨다. 손자 손녀 모아놓고 사모님도 한복까지 새로 맞추어 입었다고 자랑하시던 게 잊히지 않는다.

사모님이 편찮으시기 전에 밥을 사주겠다고 하셨지만, 미루다가 청을 받아들이지 못했는데, 지금은 몹시 후회스럽다. 분당의 병원에 갔을 때 말씀은 못하셔도 눈으로 웃으시던 사모님 곁에서 간호하느라 진땀을 빼던 교수님. 사모님의 영구차가 나갈 때 휘청거리며 장지로 향하는 차에 오르시던 구부정한 걸음걸이가 슬픔으로 남아 있다.

여름이면 가족여행을 꼭 다녀오셨는데 사모님은 나에게 열쇠를 주며 나무에 물을 주라고 하였고, 나는 울타리에 심어놓은 나팔꽃이 시들지 않게 드나들며 물을 주기도 했다. 어쩌다 교수님 댁 앞을 지나노라면 주인도 없는 옥상에는 나무들이 싱싱하게 살아 있어 시야가 뿌옇게 흐려온다.

돌아가시기 전, 문우들이 교수님을 뵈러 간다 하여 만사를 제쳐놓고 따라갔다. 아픈 이에게는 큰절을 하지 않는다는 걸 알면서도 큰절을 올렸다. 수술을 하셨다는데 혹시 병이 악화되면 영영 뵈올 수 없지 않을까 해서였다. 가지고 간 차와 선물을 드렸더니 의외로 기뻐하셔서 예감이 불길했는데 그게 마지막이 되고 말았다.

'앞으로 글은 스스로 결정하고 알아서 쓰라.'는 말씀이 유언이 돼버렸다. 또 '내가 없으면 어떻게 글을 쓸래?' 하셔서 '글을 안 쓰면 되지요' 했더니 어처구니가 없는지 웃기만 하셨다. 홀로서기 하라는 교수님의 당부를 들어드리고 싶은데 아득하기만 하다. 타계하시기 전에 한 편이라도 더 써서 기쁘게 해드리지 못한 게 한스럽다. 교수님은 떠나가셨으나 여전히 살아계신 듯하다. 시끄럽지 않은 곳에 가셔서 편안히 지내시도록 기도를 드린다. 오늘은 몹시 그립다.

교수님이 가신 지 벌써 몇 년이 지났다. 경희대학교에서 묘소로 가는 버스가 출발한다기에 학교로 갔다. 교정 어디에선가 교수님이 걸어오실 것 같은 착각이 들었다. 묘소에 도착하니 '문학박사 대구서공정범지묘(文學博士 大邱徐公廷範之墓)'라고 쓴 묘비만이 반겨준다. 묘지 위에 손을 얹으니 눈물이 흘렀다. 애써 참으려 해도 주체할 수 없었다. 술을 올리려고 잔을 들자 거짓말처럼 호랑나비 한 마리가 펄럭이며 날아와 같이 간 문우들과 나는 깜짝 놀랐다. 교수님의 글속에 자주 등장하던 나비가 아닌가. 마치 교수님의 넋인 듯 나비가 왔다 갔다 하더니 제사를 끝내고 공원묘원 입구에 와서야 슬그머니 사라졌다.

다음에는 조용히 찾아가 교수님이 즐겨 들으시던 정지용의 '향수'를 불러드리겠다는 약속을 했다. 그날도 오늘처럼 나비가 날아와 주면 좋겠다.

(2010년)

제 4 부

응 원

'이별'이란 가요에 부모가 가고자 했던 향수가 배어서였을까.

바다 건너 자식을 그리워했을 조부모의 심정을 헤아리며

막연하게 고국을 떠올리며 한국가요를 부른다고 하였다.

나는 그분에게서 얼의 중요성을 깨달았다.

응원

일본에서의 일이다. 응원자라고는 나밖에 없는 테니스장 한가운데에서 남편은 일곱 번의 연장게임을 하고 있었다. 그날이 테니스경기 칠일 중 나흘째였다.

일본선수가 득점할 때마다 터져 나오는 응원과 함성은 경기장을 뒤덮는데 남편의 응원자는 오로지 나 혼자인 듯했다. 그들의 웅성거림에 묻혀 내 고함이 남편에게 전달되지 않을 텐데도 나는 두 손을 둥글게 모아 입에 대고 목이 터져라 소리쳤다.

테니스를 선호하는 세계 각국에서 선발된 의사들로 구성된 만큼 경기장에는 인파로 꽉 찼다. 남편과 시합을 할 상대는 일본 비뇨기과 의사인 '아꾸쭈'였는데 그 대회의 운영위원으로서 강자였다.

남편은 사흘간 변두리에 있는 테니스장에서 시합을 했는데 그날은 '아꾸쭈'가 출전을 해서였을까. 중앙에 위치한 센터코트에서 경기를 했다. 상대가 만만치 않다는 소문이 퍼졌는지 관중은 점점 늘어났다. 전날보다 조마조마했다. 공이 어찌나 빨라서 보이지 않았고, 서로 받아치고 때리는 기술이 노련하여 경기는 쉽게 끝나지 않았다.

아니나 다를까 듀스(deuce)가 거듭되더니 남편이 다리를 절룩이는 게 보였다. 쥐가 난 게 틀림없었다. 나는 본부석으로 뛰어가 잠시 중단해달라고 했으나 주최 측은 거절했다. 할 수 없이 게임을 진행시키려는 여자 아나운서를 찾아가 사정을 하여 잠깐의 휴식을 얻을 수 있었다. 곧바로 테니스장 안으로 뛰어들어가 남편의 다리를 스트레칭 하도록 도와 겨우 회복되었다. 나는 느긋하게 하라는 위로의 말을 남기고 들어왔다.

거리가 멀었지만 두 선수는 지쳐 있는 게 역력했다. 상대선수를 응원하는 아우성은 나를 주눅 들게 하였다. 마침내 남편의 공이 들어가자 경기장 어디선가 '조 선생 파이팅'하는 소리가 들려왔다. 환청인가 했는데 다시 '나이스 샷(nice shot)'하는 게 아닌가. 구세주를 만나듯 반가웠다. 분명 남자의 목소리였는데 둘러봐도 낯익은 얼굴은 보이지 않았다. 남의 나라에서 듣는 그 한마디의 응원에 명치끝이 먹먹해졌다.

남편도 들었는지 힘을 얻는 듯 활발해졌다. 한 점만 따면 이기는 매치포인트(match point)에서 실점을 하여 '아꾸쭈'에게 지기는 했지만, 다리에 쥐가 나도 참고 뛰었으니 승자 못지않은 열전이었다.

남편에게 일본 게임에서 왜 그렇게 승부하려고 했는지 물어보았더니, 명성황후를 시해한 그들에게 한국의 의사로서 당당하게 이기려고 했다는 것이다.

　나흘의 게임이 끝나고 이튿날 오후 연회가 있어서 참석했다. 남편을 응원하던 의사가 누구인지 궁금했는데, 그쪽에서 한복을 입은 나를 보고 찾아왔다고 해서 만나게 되었다. 태어난 곳은 한국이지만 일본으로 건너가 소아과 의사로 활동하고 있었다. 그분도 테니스선수였기에 대진표에서 한국인인 남편을 발견했다고 한다.

　그분은 고향 까마귀라도 만난 듯 자기 집으로 데리고 갔다. 사양을 했지만 게임이 남아 있으니 호텔보다는 음식도 숙소도 자기네 집이 편할 거라고 하여 따라갔다. 만약을 위해 준비해 간 밑반찬과 된장, 김치가 있어서 내놓았더니 반색을 했다. 식단도 한국식이었고 우리의 된장 맛을 잊지 못한다고 하여 그 후로 몇 해는 그들의 몫까지 된장을 담갔고 서울에 올 일이 있을 때는 가지고 가도록 했다.

　어쩔 수 없이 일본에서 살고는 있지만 부모님이 한국인으로서 떳떳하게 살라고 하셨기에 끝까지 한국에서 발행한 여권을 가지고 있을 거라 했다. 아내도 한국인이고 정원기(鄭源起)라는 이름도 바꾸지 않았다더니, 병원 간판도 정소아과로 걸려 있었다.

　정 선생님은 패티·김 팬이라고 한다. '어쩌다 생각이 나겠지—바다 건너 두 마음은 떨어졌지만,' '이별'이란 가요에 부모가 가고자 했던 향수가 배어서였을까. 바다 건너 자식을 그리워했을 조부모의 심정을 헤아리며 막연하게 고국을 떠올리며 한국가요를 부른다고 하였다.

나는 그분에게서 얼의 중요성을 깨달았다. 타국에 살아도 모국의 음식을 찾는 사상과 자긍심이 훌륭하지 않은가. 그러한 애국심이 있기에 일본인으로부터 눈총을 받아가면서 같은 민족이라는 자부심 하나로 남편을 응원하지 않았겠는가.

이민자들 중에는 친척도 있고 친구도 있다. 몇 년 살다가 다니러 와서 만나게 되면 가소로운 게 한두 가지가 아니다. 어른이되어 떠났건만 어눌해진 말투로 그 나라 국민이 되어버린 게 자랑스러운 듯 우리나라를 업신여기는 태도며 건방 떠는 사람도 있다. 그분은 일본에서 자라 칠순을 바라보고 있는데도 당신 어머니가 끓여준 된장 맛을 잊지 않고 있다는 건 흔하지 않다.

나는 그분도 존경하지만 그 부모님이 더 훌륭하다고 본다. 거처는 일본에 있지만 뿌리를 수십 년 전에 떠난 고국에 두고 산다는게 쉽지 않다는 걸 실감해서이다.

(2008년)

그림이란 어떤 시각으로 보느냐에 따라서 받아들임도
천차만별이겠지만 나는 그분만이 갖춘 평소의 천진한 인품이
투영된 영상에서 희망을 읽는다.
호쾌하고 재치 있는 화가의 성격처럼 껄껄 웃던 평소의 웃음이
곳곳에 배어 있다. 어두운 색감 속에서도
흰빛의 반사체가 화려하지도 않고 정갈하여 검소하게 살고 싶은 나에게 더
감동으로 다가온다.

그림으로 다시 만난 화가

한풍렬 화가는 남편을 통하여 만나게 되었다. 나는 그림을 그릴 줄 모르지만 보는 게 즐거워서 그분의 구기동 집 화랑과 전시회에 여러 번 갔다.

지난 추석에 뵈러 갔을 때, 그분은 거실 바닥에 비닐을 깔고 작업을 하는 중이었다. 나는 한 화가가 작업하는 과정을 자세히 지켜볼 수 있어서 큰 행운이었다. 앞치마를 두르고 쭈그리고 앉아 먹과 조개가루에 질료를 섞던 그 진지함이 눈에 선하다.

한 화가 댁 마당에는 여기저기 조개껍데기가 쌓여 있었다. 마당에서 4-5년 말리면 이물질이 없어져, 굵은 입자부터 호분(胡粉)을 만들 수 있다고 한다. 이는 식물이나 돌에서 색료를 채취하던 장인들의 작업방법을 닮았다.

캔버스에 종이를 바르고 조개가루를 섞어 막을 만든 후에 색료를 넣어 화선지에 번지는 효과를 나타냈다고 설명해주셨다. 호분을 조개껍데기로 만들어서인지 그림 속에 있는 빌딩과 풍물들은 오래된 건물에 이끼가 낀 듯 빛바랜 풍광을 드러낸다.

그는 전통적 이미지의 도자기와 유적, 가지가지 문양, 일상의 소재인 서울 풍경 외에도 유럽 스케치나 중국 계림의 정경, 우리나라의 섬도 많이 그렸다.

학부에서 서양화를 배운 바탕에 대학원에서는 동양화를 전공한 영향인지 전통과 현대, 구상과 추상을 넘나들었다. 또한 대학에서 학생들에게 쉽게 가르치신다더니 그림이 난해하지 않다. 굵은 터치의 필선은 까칠하여 생명력과 속도감도 있지만 대담성에 반하여 숨겨진 외로움, 동(動)속에 정(靜)이 은은하게 드러나는 멋스러움이 나에게 시정을 불러일으키기도 한다.

그림이란 어떤 시각으로 보느냐에 따라서 받아들임도 천차만별이겠지만 나는 그분만이 갖춘 평소의 천진한 인품이 투영된 영상에서 희망을 읽는다. 호쾌하고 재치 있는 화가의 성격처럼 껄껄 웃던 평소의 웃음이 곳곳에 배어 있다. 어두운 색감 속에서도 흰빛의 반사체가 화려하지도 않고 정갈하여 검소하게 살고 싶은 나에게 더 감동으로 다가온다.

그의 작품 중에는 '흔적 시리즈'가 있는데 흔적 90-2의 그림을 아껴보고 있다. 비구상작품이지만 그분의 화실이 있는 구기동 뒷산의 동굴을 연상케 하고, 산의 기개와 굴속의 포근함은 유년의 나를 그려보게 해서다.

또한 보이지 않는 굴속에 숨겨져 있는 건 무엇인지 호기심과 신비스러움을 불러내어 그 안으로 들어가고 싶은 충동을 갖게 한다. 돌멩이로 울퉁불퉁 이어놓은 입체감은 거칠어 보여도 바라볼수록 정감이 간다.

그럼에도 이 작품 앞에 서면 차마 접근하지 못하는 외경심마저 든다. 그림속의 산이 하늘로 솟듯이 기상이 전해진다.

언제부터인가 욕심이 생겼다. 수필집을 출간하게 되면 그의 꽃그림을 받고 싶었다. 용기를 내어 내 바람을 말씀드렸을 때, 한 화가는 예술성 있게 새로 그려주겠노라는 약속을 하였다. 그런데 내가 책 내는 걸 미루는 동안에 병환을 얻어 갑자기 돌아가시고 말았다. 생전에 서둘러 개인집을 내지 못한 불찰이 원망스러웠다. 기회는 내가 원한다고 오는 게 아닌데, 나의 게으른 탓을 어쩌겠는가.

책을 발간하기로 결심하고 지난여름 사모님을 찾아뵈었다. 한 화가는 계시지 않지만 사모님도 내막을 아는 터라 선뜻 그림이 담긴 파일을 내어주셨다. 약속 때문만이 아니고 내가 당신 남편의 그림을 아껴본다는 것을 이해해서였을 것이다. 그 유명한 분의 작품을 내 부족한 글과 섞어 놓는다는 건 죄송한 일이나, 자료를 안고 돌아오는 나는 그분을 만난 듯 흐뭇했다.

가시는 날까지 투철한 작가정신으로 그린 진정한 예술인의 그림을 내 책에 올린다는 건 영광이지만, 나는 화가님께서 흐뭇하실 거라고 간주하고 글을 엮기로 했다.

다만 그분은 떠난 후에도 내게 크나큰 선물을 주셨는데, 나는 보답도 못하고 보은의 기회도 없으니 어쩌면 좋은가. 살아계실 때는 명함에 있는 그분의 사진을 내 기도서에 붙여놓고 아침저녁

진심으로 강건하시길 바라면서 올린 기도밖에 없다. 가신 후 나는 양지바른 곳에 사진을 태워 묻으면서 아쉬움에 복받쳐 눈물을 흘렸다. 사모님과는 오랜 친구이고 그의 입관식에서 보았던 깨끗한 모습이 떠올라 더 안타까웠다. 아마도 생전에 그리셨던 그림처럼 아름다운 곳에서 영면하실 줄 믿고 있을 뿐이다.

초등학교 때부터 들어왔던 '인생은 짧고 예술은 길다.'라는 말을 실감하고 있다. 부족한 내 글 속에 드문드문 한 화가의 그림이 올려지게 되면 내 글은 빛이 나리라. 나의 졸작이 엮어지면 제일 먼저 그분께 진심으로 고마움의 인사를 드리려고 한다. 그림으로 다시 만나게 되어 무한히 기쁘다고.

(2011년)

24센트와 1유로

인편으로 세계적인 지휘자 '오자와 세이지'의 다큐멘터리 비디오테이프를 받았다. 비디오테이프를 보내준 이재권 선생이 미국으로 간 후로는 연락을 하지 못했는데, 그는 내가 음악에 소질이 있다는 걸 기억하고 있었던 모양이다.

그분은 남편의 제자였지만 연상으로 마흔 살이 넘어 의과대학에 입학하였다. 느닷없이 학업을 중단하고 훌쩍 미국으로 이민을 갔다. 생활에 여유가 없었던지 소식이 뜸해지더니 누가 먼저랄 것도 없이 두절되고 말았다.

몇 년이 지나 남편이 연구 교수로 미국으로 가게 되어 나와 어머니, 아이들도 함께 갔다. 하루는 뉴욕구경을 나갔다가 뜻밖에도 한인가게에서 그를 만나게 되었다. 세계는 넓고도 좁다더니 그를 넓디넓은 미국 땅에서 만날 줄을 누가 꿈이라도 꿨겠는가. 끊어졌던 관계는 처음처럼 이어졌다.

그분한테서 들은 그간 사정을 간략하게 옮겨보려고 한다. 넉넉하지 않게 출발한 이민생활이라 일을 가리지 않고 매일 스무 시간씩 일해서 모은 돈으로 작은 과일가게를 마련했다고 한다. 어느 날 유태인 노인 한 분이 과일을 사면서 24센트(약 삼백 원)를 더 내고 갔다. 그는 가게문을 닫고 노인의 집을 어렵사리 찾아가 24센트를 되돌려주었다. 알고 보니 노인은 미국에서는 꽤 알려진 조각가였고 부인은 유명한 피아니스트였다. 두 사람의 진실한 인간성을 통하여 이민생활에 예기치 않은 변화를 맞이하게 되었다고 한다.

한 가지를 보면 열 가지를 알 수 있다는 말도 있다. 모든 일은 작은 것에서 비롯된다는 뜻일 게다. 그럼에도 우리는 작은 일을 무시하는 경향이 많다. 그까짓 것 하는 버릇이 커지면 대담해지고 큰돈도 신용도 우습게 보는 게 습관이 되어버린다. 적은 돈이지만 그분은 정당한 가격 외에는 받지 않으려는 정신이 박혀 있었다.

조각가는 이재권 선생의 정직함에 감탄하고 아들처럼 여겨 미국 상류층 인사들과의 모임이 있을 때 데리고 다니면서 후견인을 자처하였다. 노인은 돌아가시기 전에 변호사 한 분을 그에게 소개해 주었다. 변호사는 돌아가신 노인을 대신하여 그가 하는 일을 적극 도와주었고, 그걸 바탕으로 사업은 날로 번창하여 부자 동네의 큰 과일가게를 경영하게 되었다. 가게 근처에 살고 있는 닉슨 미국 전 대통령도 단골손님 중 한 분이 되었다. 닉슨이 사망했을 때도 유가족들은 그를 귀빈으로 초대하여 미국 전직대통령 장례식의 200여 명 중 하나로 명사가 되었다.

노인이 생존해 있을 때 이재권 선생 부부가 그의 집에 들르면 조각가의 부인이 직접 피아노 연주를 들려주곤 하였다. 그러한 성의로 음악에 문외한이던 그는 음악에까지도 안목을 높일 수 있었다고 한다.

그가 보내준 테이프에는 비틀즈도 나오는 오래전의 다큐멘터리여서 구하기 쉽지 않은 것도 있다. 이 테이프는 메일리즈(Mayles) 형제가 감독했는데 레오나드 번스타인 등 유명한 음악가들의 단편스케치가 수록되어 있다. 오자와의 지휘 실황, 흑인 여자 성악가, 제시·노만과의 공연, 그리고 일본에서의 인기 등을 소개했는데, 그중에서 나의 관심을 끈 것은 일본인 지휘자 '오자와 세이지'의 인생사이다.

만주태생으로 미국에서 수학한 일본인 오자와 세이지는 젊은 시절 고국인 일본의 오케스트라 지휘자로 초빙된 적이 있었는데 단원들의 저항을 받았다. 틀리면 곧바로 지적하여 무안을 주었고, 일본의 기존 멤버들로부터 미국의 방식인 극적지휘스타일을 환영받지 못했다. 일본 음악계에서 볼 수 없었던 격렬한 지휘방법이 기존 음악가들에게 불경으로 인식되어 일본 활동을 중지할 형편이 되기도 했다.

그러한 비난에도 불구하고 오자와가 온 세계에 알려지는 지휘자로 성공하기까지는 스승의 독실한 가르침이 있었다. 테이프에는 고국으로 자기를 이끌어준 '히데오 사이토' 은사에게 보내는 극진한 존경심을 담았고, 그 헌신의 후원을 극복하는 데 큰 힘이 되었음이 고스란히 드러나 있다. 후일에 오자와는 조국에서 인정

받고 세계 최고의 지휘자로 자리를 굳히게 되었다.

초등학교 때부터 작곡과 지휘에 재능을 보였던 오자와 세이지는 1959년 24세에 프랑스의 국제오케스트라 부문에서 1위를 하였다. 그 결과로 보스턴심포니오케스트라 단장의 눈에 들어 미국에서 공부하게 되었다 그 인연으로 보스턴심포니오케스트라의 음악고문과 학장직을 맡아 29년 이끌다가 2002년 동양인으로서는 힘든 빈국립오케스트라 극장 음악감독으로 옮겼다. 최근에 오스트리아 정부에서는 지휘자 오자와 세이지의 얼굴을 담은 1유로(유럽의 화폐)짜리 기념우표를 낼 만큼의 예우를 해주었다.

미국에서 20여 년 살고 있는 그가 왜 오자와를 존경하여 다큐멘터리 비디오필름을 나에게 보내주셨을까. 오자와의 지휘 실황을 통하여 내 약한 심지(心志)를 북돋아 주면서 우리 식구들에게 활력을 보태주려고 한 그분의 속내를 짐작해 보았다. 테이프에 흐르는 음악과 배경, 그리고 오자와만이 표현할 수 있는 음악에의 집념은 나를 설레게 하였다.

1년간의 리모델링을 하고 세종문화회관이 재개관하면서 첫 번째로 오자와가 이끄는 빈필하모니오케스트라의 내한공연이 있을 때 가볼 수 있었던 건 행운이었다. 이틀에 걸쳐 슈베르트(Franz Peter Schubert)와 브루크너(Bruckner), 브람스(Johannes Brahms)의 교향곡 등을 연주했는데 나에게는 귀에 익은 곡들이어서 반가웠고, 칠순의 오자와는 더벅머리 흰 머리칼을 날리며 청년처럼 지휘를 하였다. 오자와의 지휘를 직접 보고 나오니 이재권 선생의 24센트와 오자와의 1유로짜리 기념우표로 인정받게 된 성과가 나에게도 엄청난 감동과 희열을 안겨주었다.

24센트의 정직함으로 척박한 타국에서 성공할 수 있었던 이재권 선생. 50년 지휘자 경력으로 기념우표에 등장한 오자와. 두 분이 성공할 수 있었던 비결은 맡은 바 일에 쏟은 진실과 성실 때문이었다.

(2004년)

영혼의 눈

거문도에서 보이는 서도는 전체가 동백나무로 뒤덮여 있어서 울창했다. 등대까지 가는 좁은 등산로에는 동백나무와 눈향나무가 햇빛을 가릴 만큼 숲 동굴을 만들어 놓아 차일 속을 걷는 듯했다.

숲에서 나오니 두레박우물이 우리를 반갑게 맞이해주었다. 여물어 가는 울타리콩이 나무를 휘감으며 올라가고 백일홍과 달리아가 환하게 피어 시원함을 더했는데, 목을 축이자 뱃멀미로 울렁거렸던 속이 가라앉았다.

기암괴석이 둘러쳐 있는 바위 사이에는 낚시꾼들이 있었다. 멸치와 갈치, 고등어가 많이 잡히는 거문도는 바닷물이 외해(外海)에서 밀려와 깨끗하다고 한다.

동행한 남편 친구는 가파른 절벽 아래에서 솟구치는 파도가 영화 「빠삐용」에서 본 바다와 같다고 한다. 나도 그 영화를 보았지만 빠삐용은 몇 차례 탈옥을 시도하다 실패하여 상어떼가 득실거리는 '악마의 섬'으로 유배된다. 섬에서 할 일이란 종일 바다를 보며 어떻게든 탈출하여 죄가 없다는 누명을 밝히는 게 목적이었다. 급기야는 야자열매를 채워 물 위에 떠오르게 만든 자루를 안고 말발굽처럼 생긴 절벽에서 파도가 역진할 때를 기다렸다가 뛰어내린다. 상어떼와 조류 탓으로 배조차 띄울 수 없는 험한 파도를 헤치면서 자맥질해 가던 빠삐용의 모습이 생생하다.

산다는 건 지위고하를 막론하고 크고 작은 섬에 갇혀 지낸다고 할 수 있겠다. 남들이 나를 볼 때도 만족스러운 나날을 보낼 거라고 할지 모르나 나도 섬에 갇혀 있는 노인처럼 황량하여 자유를 갈망하는 날이 있다.

절벽 위에서 나는 영화 빠삐용과 「어둠 속의 댄서」의 주인공 셀마를 떠올렸다. 마지막 장면에서 호소하듯 셀마가 부르던 노래가 울려오는 듯하더니 교수대 아래로 떨어지는 그녀처럼 낭떠러지로 굴러 내려가는 듯했다. 영화에 나오는 뮤지컬 여가수 비오르크의 목소리가 슬프면서도 강렬하여 나는 넋이 나갔었다.

체코 여인 셀마는 시력을 잃어가는 유전병을 앓고 있었다. 그럼에도 아들을 낳은 까닭은 자기 아이를 꼭 안아보려는 모성애가 강해서였다. 그렇게 얻은 아들이 자기와 같은 유전병으로 시력을 잃어가자 무슨 방법을 써서라도 아들을 고쳐보고자 미국으로 건너간다. 그곳에서 한 경찰관 호의로 그 집에 묵게 되고 그녀는 공장에 나가서 힘든 일도 마다않고 돈을 모은다. 셀마는 공장에서 일을 하면서도 기계음을 리듬으로 감지하며 늘 뮤지컬의 노래를 부르고 춤추는 상상을 하며 현실의 난관을 극복한다.

아들의 수술비가 모아졌는데 집주인인 경찰이 그녀의 돈을 훔친다. 눈치를 챈 셀마가 돈을 찾으러 주인집에 들어갔는데 계획적인 간계로 그녀가 도둑으로 몰리게 되고 셀마는 배신감을 이기지 못하고 집주인을 죽이고 만다. 돈은 되찾았지만 살인죄로 독방감옥에 갇히고 사형 언도를 받는다. 그녀의 돈으로 변호사를 사서 정당방위로 풀려날 수도 있었지만 아들의 수술을 위하여 그마저 포기하고 아들의 눈을 찾아준다.

그녀는 감옥 안에서도 화장실의 물 떨어지는 소리에 맞추어 노래 부른다. 사형장으로 향할 때도 두려움에 일어서지 못하는데 여자교도관은 셀마가 소리에 민감하다는 걸 알기에 구둣발로 탭댄스 하듯 하여 일어서게 만든다. 드디어 셀마는 뮤지컬을 부르는 것처럼 신나게 춤추고 노래하며 107 계단을 단숨에 뛰어오른다.

자유를 염원하는 게 인간의 본성일지라도 억제할 수밖에 없는 경우가 있는데, 자유를 찾고자 하는 욕심은 왜 줄어들지 않는가. 자유가 있고 멀쩡한 눈을 가졌다 해도 스스로 감옥을 만들면 그게 바로 죽음인데 말이다.

수난이 지속될 때는 죽음만큼 절망일 수도 있다. 그러나 의식이 살아 있는 빠삐용과 셀마는 자신을 잃지 않으려고 감방 안에서도 발자국 숫자를 세면서 수없이 왔다 갔다 하고, 내면의 소리를 붙들고 노래를 부른다. 목숨이 조여 오는 절망 속에서 정신을 놓지 않으려고 안간힘 쓰는 장면은 나의 나약함을 깨닫게 해주었다.

빠삐용은 구속에서 해방을 일차 목표로 삼았으나 셀마는 억압

의 굴레에서 빠져나와 구속되지 않는 자유를 음악과 춤에서 찾았
다. 그것을 통하여 생(生)과 사(死)를 하나로 보았다. 나는 죽음을
극복한 그녀를 보면서 눈이 멀쩡하고 자유가 주어졌더라도 영혼
의 눈이 흐려져 있다면 쓸모가 없음을 알았다.

그녀는 아들에게 다음과 같이 절규하듯 노래하며 교수대 아래
로 떨어졌다.

"이건 마지막 노래가 아니야. 마지막 노래로 만드는 건 우리의
손에 달려 있단다."

(2002년)

기도원의 밥

성가정(聖家庭) 요셉의 집에 다닌 지 15년이 넘는다. 그곳에는 말기암환자나 우울증 등 병원에서도 고치기 어렵다는 환자들이 기도와 상담을 하러 수시로 드나들고 있다. 원장수녀님은 늘 밥상을 준비해 놓고 찾아오는 누구에게나 밥부터 권하신다. 나물 종류와 김치, 쌈장, 된장국, 멸치 등의 반찬에 보리밥이 전부인 밥상이 나를 어리석음으로부터 깨어나게 해준 적이 있다.

집을 개축하는 도중 건축업자가 멋대로 하는 바람에 지쳐있을 때였다. 어머니의 심해진 치매로 집안 구석구석에 밴 냄새가 역겨워 나는 도저히 밥을 먹을 수가 없었다. 설상가상으로 딸의 수능시험을 목전에 두고 불면에 시달리다 보니 소화가 안 되어 먹는 일조차 뜻대로 되지 않았다. 체중이 줄고 눈도 제대로 뜨지 못했다. 발목을 잡는 자식들이 있어도 영원히 깨지 않는 잠에 빠져버리면 편하지 않을까 할 정도였다. 숨죽여 울기도 하고 밖에 나가기를 꺼렸다. 복작대며 사는 게 싫어 지루한 나날이었다.

오죽하면 열심히 다니던 연합성가대와 본당의 성가대 활동마저 그만뒀겠는가. 딸이 대학에 들어갈 때까지 지켜줘야 겠다는 일념으로 힘듦을 참아내고 있는데, 지켜보던 기도회장님이 요셉의 집으로 인도해 주었다. 기도원에는 수녀님 곁에서 기도회를 꾸려나가는 영희라는 아이가 있었는데, 내 옆에 앉아 있으면 그 애의 머리가 터질 듯 아프다고 하였다. 나의 두통이 영희에게 전해질 정도였으니 내 통증이 얼마나 컸다는 말인가.

식구들 밥은 겨우 차리지만 나는 몇 끼씩 굶었을 때라 요셉의 집에 가는 날은 허기져 어지러웠으나, 수녀님의 얼굴만 보면 어둠이 걷히는 게 신기하였다. 구미가 당기고 반찬이 없어도 밥이 꿀맛이었다. 점심을 먹고 나면 기도 회원들과 기타반주에 맞춰 율동도 했는데 어디에서 힘이 솟아나는지 팔다리를 흔들면서 고음으로 성가를 신나게 부르고 나면 소화가 되어 식탐을 했다. 수녀님의 말씀은 용기를 북돋아주었고 성모님의 품에 안긴 듯 평화로웠다.

기도원의 밥은 보약만큼 큰 효과를 냈다. 말씀을 양식처럼 섭취해서일 것이다. 기도원에 오는 환자들의 우울증은 물론 암 덩어리가 줄어들어 수술을 하지 않고 치유되는 기적도 일어났으니 말이다. 나는 수녀님으로부터 미운 사람을 축복하라고 배웠으나 떠올리기도 싫은 이를 위해 기도를 하라는 데는 이해가 되지 않았다. 그런데 미운 사람이 떠오를 때마다 '하느님, 내 죄를 용서하시고 저들을 축복하소서.' 라고 하니 미운 감정이 차츰 누그러지곤 하였다. 축원을 하려니 위선 같았지만 눈물이 비 오듯 흐르면서 용서가 되었고, 울부짖고 나면 후련해졌다.

요셉의 집에서는 환자들과 밥도 먹는다. 건강했을 때 같으면 까다로워 어림도 없는 변화이다. 가끔 환자들에게 보답하는 의미에서 상담도 해주고 있다. 나의 경험을 되살려 '용서하지 못하면 그 화(火)가 속으로 들어가 병(病)이 된다.'고 충고해준다. 대부분 죽어도 용서할 수 없다고 하는데 횟수가 늘어나면서 나처럼 달라지는 걸 보게 된다.

내가 밥을 잘 먹지 못한 건 비위가 약했을 뿐이니 그들과는 달랐다. 생사의 갈림길에서 구미가 당겨도 먹을 수 없는 환자들도 많다. 그러한 사람들 앞에서 잠시 찾아온 무력감으로 입맛 운운하며 투정을 했으니 부끄러운 행동을 했다. 어머니도 깔끔하기로 소문난 이였는데 노환으로 그러니 어쩌겠는가. 너그럽게 참아내지 못한 나의 성격 탓이었다.

단점을 바꾸면서 봉사를 하니 나도 혈색이 달라졌다. 무엇보다 요셉의 집에서 투병하는 환우들은 허약하면서 먹지 못하는 데 비해 나의 고통은 사치였고 투정에 불과했다는 걸 뉘우쳤다.

더구나 성체(聖體)를 몇 십 년이나 받아 모시고 수녀님이 주신 밥도 수차례 얻어먹었지 않았는가. 형식의 물질이 아닌 영혼의 밥을 먹은 셈이니 그 자체로 은총을 받았다고 보겠다.

나도 이웃에게 육신을 위한 밥뿐만 아니라 영혼을 위한 밥이 되어주어야 하는데, 그 비슷한 밥이라도 나누어준 적이 있었나. 체면과 보여줌에 치우치고도 허세를 부렸을 뿐이다. 그리스도만

큼은 어림없겠지만, 영육의 밥을 필요로 하는 이들에게 줄 수 있
을 만큼은 베풀려고 하고 있다. 올바른 믿음이란 서로 나누고 실
천하는 생활에 있다고 보기 때문이다.

(2003년)

죽도록 사랑해

내가 틈나는 대로 가는 충북 음성에 있는 꽃동네에는 노숙자와 걸인, 미혼모의 아이들이나 장애인, 알코올중독자 등 오천여 명이 모여 산다. 그 안에 노인전문요양원도 있는데 젊은이도 부르기 꾀까다로운 '아모레미오'를 입에 달고 사는 할머니 한 분이 계신다.

'아모레미오'는 죽도록 사랑해서(Sinno Me Moro)로 번역되어 60년대 이태리영화 '형사'의 주제곡으로 유명해졌다.

나도 주제곡이 좋아 녹음해 놓고 따라 부르는데, 할머니는 이태리 가사를 하나도 틀리지 않게 불렀다. 음색까지 애절하고 쉰 목소리가 매력 있다. 반주도 없이 정확한 가사와 음으로 노래하는 할머니는 아마도 젊어서 한 가닥 풍류를 아는 멋쟁이였던가 보다.

왜 '아모레미오'만 부르느냐고 했더니 딸이 즐겨 불러서였다고 한다. 나는 딸이라는 말에 놀라지 않을 수 없었다. 꽃동네는 주민

등록상으로 보호자가 없는 독신이어야 받아주는데 이상하지 않은가. 정신은 들락날락해도 없는 딸을 있다고 하지는 않았을 것 같아서 물어보았다.

할머니는 교수부인이었는데 남편이 딴살림을 차려 자식까지 있다는 걸 후에 알게 되었다. 도저히 함께 살 수가 없어서 이혼을 했고 그 배신의 충격으로 몸져누웠다. 딸이 있었으나 어렸고 자신을 돌봐줄 만한 일가붙이가 없어 친정어머니에게 꽃동네에 보내달라고 사정하여 오게 되었다고 한다.

수녀님의 설명으로는 할머니가 요양원에 와서 먼 산만 바라보며 신경질을 부렸는데, 시간이 흐르면서 안정을 찾았다고 한다. 그건 기막힌 사정을 이해하고 살뜰하게 다독여주는 봉사자들이 곁에 있어서 남편으로부터 받은 배신감이나 외로움이 줄어들어서라고 본다.

할머니는 한쪽이 마비되어 모로만 누워 있다. 그 한쪽이 심하게 배길 텐데도 보고픔으로 굳어 있는 응어리를 풀어내느라 속으로는 울면서도 겉으로 밝은 표정을 지으시는 건 아닌지.

사그라지는 의식을 일깨우려 틈만 나면 흥얼거렸을 할머니가 가엽다. 나도 아모레미오를 부를 때는 감정을 한껏 다스리는데 할머니는 절망 속에서도 고운 목청을 내려고 온힘을 다했을 것이다.

그 노래를 할 때만은 할머니의 얼굴은 환해지고 여든 살로 보이지 않는다. 딸과 노래를 부르던 날로 돌아간 듯 편안한 표정을 지었다. 쉰아홉 살에 꽃동네에 들어와 20년이 흐르도록 가족이라고는 면회를 오지 않았다는데, 할머니는 기다림과 그리움을 그렇게 풀어내고 계셨다.

사랑의 힘은 도대체 무엇이기에 긴 세월, 줄곧 한 가지 노래만 부를 수 있다는 말인가. 그 심정을 다 헤아릴 수는 없지만 자식을 그리는 노모의 행동은 가련했다.

내가 꽃동네에 갈 때마다 그분을 뵙고 오는 건 혹시 딸로부터 소식이 오지 않았을까 하는 기대도 있지만, 돌아가시기 전에 딸을 따라가는 일이 있었으면 하는 염원에서였다. 다른 과거는 잊어버리고도 음 하나 틀리지 않게 녹음기를 돌리듯 하는 습관은 이다음 딸을 만났을 때 잘 불러주고 싶은 모성이 잠재되어 있어서가 아닐까.

나를 의아스럽게 한 건 그것만이 아니었다. 같은 방에 있는 할머니들과는 다르게 젊고 쾌활하다는 점이다.

홍대 미대를 졸업했다는 할머니. 오매불망 어디에선가 살고 있을 딸과 상봉을 해야 하니 매사를 긍정으로 바꾸었을 것이다. 가사에 나오는 "언제까지나 함께 하고 싶어요(voio resta co"te sinno" me moro)."처럼 자식의 품에 안겨 지난날의 시름을 잊고 같이 살자고 하지 않을까. 나는 그분이 노래를 하고 있으면 속으로, "울지 말고 가만히 내 가슴에 기대요(nun pia"gne state zitto su sto core)."라고 불러주곤 했다.

할머니의 과거를 모르고 듣는 사람들은 망령이라고 할지 모르지만, 나는 노래를 다 듣고 나면 아름다운 꽃이 지나가는 환영을 보게 된다. 사랑은 외로움이나, 아픔을 삭여주는 꽃이 아니겠는

가. 더구나 죽을 만큼 사랑한 대상이 없었던 나는 내 식으로 할머니를 판단할 수가 없었다. 죽도록 사랑한다는 말은 상대를 대신하여 죽을 수도 있고, 고통도 받을 각오를 해야 하는 건데 그게 쉬운 일인가.

지난번에는 할머니를 1월 중순에 뵈었는데 날씨가 춥고 눈발도 날렸다. 날씨 탓인지 힘이 없다고 하셨다. 저러다가 갑자기 가시지 나 않을까 불안했다.

만일 할머니가 돌아가신다면 어떤 모습일까. 망부석의 전설처럼 첫날밤 소박을 맞고 녹의홍상(綠衣紅裳)을 입은 채 신랑을 기다리다 한줌의 재가 되었다는 이야기처럼 할머니도 그렇게 되지는 않을까.

죽도록 사랑한다고 노래는 부르고 있으나 용서하지 못한 찌꺼기가 있다면 눈을 제대로 감지 못할 텐데 하는 기우(杞憂)에 두 손이 저절로 모아졌다.

눈을 맞으며 걷는데 나도 모르게 눈물이 흘렀다. 집에 와서도 당신의 딸인 양 반기며 '죽도록 사랑해'를 불러주시던 할머니의 모습이 자꾸 눈에 밟혔다.

(2009년)

사랑의 절벽

괌(Guam)의 중부 해변. 바다 향이 섞인 공기가 싱그럽다. 한가롭게 구름이 떠다니는 하늘은 쪽빛 바다를 닮았다. 투몬만의 절경이 한눈에 펼쳐지는 '사랑의 절벽'에서 우리 일행은 슬픈 전설을 들었다.

스페인 식민지 시절, 원주민이던 차모로 추장의 외손녀는 차모로 청년과 사랑에 빠져 있는데, 스페인 장교가 결혼을 강요하자 차모로 청년과 집을 나간다. 스페인 장교의 추격을 피할 길이 없게 되자 남녀는 서로의 긴 머리채를 묶은 채 100m의 절벽으로 뛰어내린다. 그 후 절벽 정상에는 종탑이 세워졌고 관광객들은 영원한 사랑을 약속하며 종을 울리곤 한단다.

그 종소리에 섞여 영화 '로미오와 줄리엣'에서 줄리엣 역할을 했던 여배우 올리비아 핫세에게 불러주던 '사랑의 테마' 가 들려오는 듯하였다. 로미오가 구슬이 구르듯 독특한 창법으로 '사랑은 무엇인가요. 타오르는 불꽃이요' 라고 하던 음성이 계속하여 귓가에 맴돌았다. 이승에서 이루지 못하고 죽음으로 승화시킨 청춘 남녀의 사랑이 얼마나 슬프면서도 아름다운가.

내 고향에는 '월연대'라는 산이 있다. 초등학생일 때 옆집에 사는 선아 언니랑 나는 걸핏하면 그 산에 올라갔다. 산 밑에는 디딜 강이 흘렀는데 우리는 나물도 캐고 딸기도 따먹으면서 목청껏 노래를 불렀다.

선아 언니는 K시에 살면서 신부님과 우리 동네에 왔다가는 신학생에게 호감을 가졌다. 언니가 예뻐서였을까. 그 무렵 언니에게는 또 한 남자가 나타났다. 어릴 때부터 호감을 가졌으면서도 내색을 하지 않은 채 언니네 집에 꽃을 심어주었고 책도 사주던 사람이다. 하지만 선아 언니는 신학생을 사모하기에 그분의 흔적을 없애려고 그가 가져온 선물들을 몽땅 나에게 주었다.

그 후로 신학생은 신부가 되려고 로마로 유학을 갔다. 그 소식을 들은 언니는 날마다 디딜강에 나가 멍하니 서 있었다. 하루는 언니가 안 보여 강으로 가 보았더니 수심이 깊은 쪽으로 한참 들어가고 있었다. 놀란 나는 동네 사람들을 불러 물에 빠져 죽으려는 선아 언니를 구출하도록 했다.

어렸어도 죽음에 대해 궁금했고 사랑이 죽음으로까지 갈 수 있음도 어렴풋이 알게 되었다. 언니를 따라다니던 남자는 언니의 자살소동에도 포기하지 않고 올 때마다 선물을 가지고 왔다. 언니가 고향을 떠나게 되면서 그분도 발길을 끊었다. 선아 언니는 유학을 간 이를 그리워하다 다른 남자와 결혼을 했다.

사랑의 절벽에서 죽음을 마다하지 않은 차모로 청년의 일편단심이나 이루지 못해 괴로워하다 헤어져야만 했던 남자나 사랑의 숭고함에 있어서 무엇이 다르겠는가.

사람에게도 절벽이 하나씩 있다고 본다. 그러기에 힘든 일이 있으면 그 절벽에서 뛰어내리려고 하다가도 충동으로 일어났던 못된 생각을 바꿔 본래의 모습으로 돌아가는 것 아닐까. 그러한 인내가 쌓이면서 절벽은 조금씩 낮아지고 넘어져도 다치지 않는 평지가 되는 것이리라. 굴레에 갇힌 듯한 시집살이도 뒤돌아보니 나만이 겪은 일이 아니었고 절벽을 평지로 만드는 일도 끝내는 내 몫이었기 때문이다.

젊은이의 자살이 늘고 있다. 공부와 실직 등으로 빛이 보이지 않을 만큼 고되더라도 죽음으로 마무리를 하는 최악의 선택만은 피해야 한다. 중환자실에서도 생명을 이어가는 환자의 입장이 되어 본다면 죽음을 가볍게 봐서는 안 된다. 남아 있는 가족이 받을 슬픔이 너무 가혹하지 않은가.

(2006년)

새로운 도전

세계적으로 보수성향이 짙은 미국 하버드대학에서 개교 371년 만에 첫 여자 총장이 나왔다. 서울 경희대학에서도 여성 부총장이 나왔다. 여성이라고 하여 못할 일이 없는 세상이 되었다. 새봄에 입학하는 여학생들에게 포부를 가지라는 말을 하고 싶다.

박사과정을 마친 둘째딸이 '이젠 엄마 차례에요.'하면서 현실에 안주하지 말고 공부하기를 권유했다. 고대했던 참이라 망설이다가 내 생애에서 새롭게 도전할 마지막 기회라 용기를 냈다.

60에 들어서서 나도 할 수 있다는 꿈에 부풀어 감행한 대학원 등록은 어찌 보면 무모한 도전이었다. 입학 절차나 수업이 낯설고 어설펐지만 하고자 하는 결심은 확고했다.

첫 학기에 선수과목을 포함하여 다섯 과목을 신청하였는데 한 번은 큰 실수를 하였다. 발표 준비로 전날 잠을 설친데다 점심을 먹고 나니 깜박 잠이 들어 오후 수업이 끝나가는 시간에 깨었다.

부랴사랴 뛰어올라가니 다행히 교수님이 퇴근 직전이라 겨우 리포트를 낼 수 있었다. 처음에는 강의실을 찾아다니기도 힘들고 쌓여가는 숙제를 하다 보면 늘 잠이 부족했다.

살림만 하던 내가 육십 고개에 매주 30여 장의 원서를 번역하여 발표하는 일은 보통 일이 아니었다. 심리학과 관련된 내용이라서 깨알 같은 영어사전을 끝까지 읽어도 알맞은 뜻을 찾지 못해 난감했다. 잘 아는 단어였는데 생뚱맞게 해석하는 오류도 범했으나 교수님들은 웃으면서 고쳐주시곤 하였다. 겨우 한 학기 종강을 했는데 시력이 나빠져 책과 논문, 영어사전을 A3로 확대 복사하여 읽어야 했다. 책의 무게도 만만치 않아 강의실을 찾아다닐 때는 어깨가 쑤시고 아팠으나 성공은 99%의 노력에 달려 있으며 고난이 빠진 축복은 없다는 진리로 자위를 했다.

만학은 장애물이 따르게 마련이다. 고통도 동반한다. 피로하면 잠깐씩 나가 서성이던 열람실 복도 뒤쪽, 유리창으로 보이던 숲은 그럴 때마다 휴식처가 되어주었다.

바람이 불면 송홧가루 날리던 5월의 소나무 숲. 본관 뒤 호수에 어른거리던 나무들의 반영과 벚꽃들의 축제며, 순백한 목련의 빼어남은 나를 설레게 했다. 11월 어느 저녁, 임간교실로 활용하고 있는 숲속 공간에서 영어과 학생들이 밴드를 동원해 열던 음악회, 조명을 받아 환상의 색깔로 어우러져 화려함을 보여주었던 절정에 이른 단풍잎들, 그러한 자연과 분위기가 젊어지게 했고 식어가는 나의 교육열에 불을 지폈다.

논문 주제를 빨리 정한 건 다행이었다. 첫 학기의 연구방법론

시간에 연구계획서를 만들면서 맞벌이 가정의 조부모 관계와 아동의 자아존중감에 대해 관심을 갖게 되어 주제로 정했다. 그리고 계획서의 초점은 수강한 전체 과목에서 논문 주제에 맞추어 제출했다.

막상 논문을 쓰자니 벽 앞에 선 듯 막막했다. 공개발표회 결과를 고려하여 서론만을 한 달 이상 고심하면서 썼다. 막 고비에 이르러서는 명쾌한 답이 나오지 않아 선행연구의 논문 150편을 복사하여 닳도록 읽었다.

공부하면서 만났던 학생들은 젊은이들만이 갖는 용기와 패기로 나를 자극했고 뒷걸음치려고 할 때마다 돌려 세웠다. 이들은 배움을 목표로 하고 있었으나 칠월의 나무처럼 튼실했고 나까지 적극성 있게 만들었다.

아침부터 열람실에 나가서 미동도 하지 않고 책을 보는 P의 끈기는 실마리가 풀리지 않아 뛰쳐나가고 싶은 나를 차분하게 했다. 또 K는 시간을 아끼느라 점심도 건너뛰어 허기지고 목말라 할 때 슬그머니 내 책상 위에 주스를 놓고 가기도 했다.

그러던 그가 보이지 않아 궁금하였는데 병이 나서 집에서 공부를 했단다. 나는 휴게실로 나와 그에게 차를 권하며 이태리의 성당 건축양식과 비슷한 평화의 전당 첨탑이 거꾸로 비치는 가을 호수의 사진 한 장을 건넸다. 그의 눈빛이 한결 부드러워졌을 때, 갖고 있는 역량을 높게 지각하여 자신감을 갖고 힘내라고 했다. 그리고 앞으로는 맞벌이를 할 수도 있을 테니 남성들도 가사를 분담하면서 아이들과 접촉하고 함께 노는 기회를 많이 갖는 아빠가 되라고 부탁했다. 아동학을 전공하다 보니 내가 경험한 자녀교육에 관한 일들을 쉽게 전달할 수 있었다. 대신 열람실에 틀어박혀 학문에 열중하는 젊은이들과 나눈 대화는 평생 잊을 수 없는 추억거리가 되어 나를 살찌게 할 것이다.

(2007년)

제 5 부

자미화

수명을 다한 고목뿌리가 새싹을 솟아나게 한 강인함은
우리도 모르게 쏟은 노력과 아픔이 있었을 것이다.
이러한 나무들의 생명력이 있어서 오래된 집이었음에도 돋보였고
정서를 안겨준 나무로 대접받을 수 있었다.

자미화(紫微花)

　요즘 내 시선은 배롱나무에 자주 간다. 죽은 것 같았는데 살아나서 곁에 있는 능소화보다 대견하고 귀엽다. 다시는 볼 수 없을 줄 알았던 사람이 긴 잠에서 깨어난 듯하다.

　이 배롱나무는 30여 년 전 이사를 왔을 때 이미 성목(成木)으로 마당 가운데를 차지하고 있었다. 정원사가 수령을 낮게 잡아도 60년은 넘을 거라고 한다. 2층 베란다에서 손만 뻗으면 닿도록 칠칠하게 자랐고, 꽃 또한 흐드러지게 피어 여름이면 행인들의 칭송을 들었다.

　60년 만의 혹한이 닥쳤던 겨울이었다. 눈이 자주 내렸다. 이사 와서는 해마다 나무들에게 겨울옷을 입혀주었는데 그 해는 2층을 증축하고 나서 손이 미치지 않아 정원사를 미처 부르지 못했다. 더구나 배롱나무는 싸주지 않아도 괜찮았다는 30년 넘게 정원사를 했다는 그의 말을 믿고 그대로 두었다가 동상을 심하게 입히고 말았다. 나는 잔뜩 옷을 껴입고도 춥다고 호들갑을 떨면서 거적때기 하나 걸치지 않은 배롱나무가 추울 거라는 짐작을 왜 못했는지 나무에 미안했다.

세종대왕의 충신인 강희안의 양화소록(養花小錄)에 의하면 배롱나무꽃을 자미화(紫微花)라고 했다. 꽃이 백일 간 붉게 피어서 백일홍이라고 하는데, 배롱나무는 백일홍의 변한 말일 것이다. 국화과의 백일홍과 구별하기 위해 목백일홍이라고 한다. 오래도록 피어 있어서일까, 조상들은 귀하게 여겼다.

내가 배롱나무에 애착을 가졌던 건 부귀영화를 가져다주는 나무라서가 아니다. 이사 와서 한해 두해 지나면서 멀리서도 배롱나무가 우리 집을 돋보이게 하였다. 또 칠팔월부터 초가을이 되도록 꽃이 피면 집안이 환해졌다. 나무 아래 돗자리를 깔고 책을 보거나 누워서 노래를 부르면 커다란 정원도 호화로운 집도 부럽지 않게 해주어서이다.

맹장과 잇몸수술로 참을 수 없을 만큼 괴로웠을 때도 그 나무 아래에 있는 의자에 앉아 노래를 부르면서 통증을 잊었다. 꽃이 피지 않는다고 베어낼 수 없었던 구실 중 하나다. 올봄에는 깨어날까, 내년이면 싹이 돋겠지 하는 간절함을 갖고 기다렸다. 붉은 배롱나무꽃을 예찬하던 남편도 미련을 버리지 못하고 정성으로 물과 거름을 주었고, 겨울에는 소 잃고 외양간 고치는 식으로라도 나무 밑동에 헌옷 따위로 덮어주곤 했다. 보기에 측은할 정도로 살아 있을 때 해주지 못한 정을 뒤늦게 쏟았다.

죽은 나무를 집안에 두면 나쁘다고들 했지만, 내가 죽인 것 같아서 선뜻 내칠 수가 없었다. 남들은 이상하다고 여길지 모르지만 집을 새로 지을까, 이사를 갈까 할 때도 배롱나무가 걸려 망설였다.

그렇게 5년이 지나고 그 해에도 봄이 다 가도록 싹은 나오지 않았다. 어디에서 날아왔는지 썩어서 패인 나무 중턱에 명아주가 들어와 꽃까지 피웠다. 나는 명아주에 물을 주면서 왠지 배롱나무가 깨어날 거라는 확신을 갖게 되었다.

비가 억수로 내린 다음날이었다. 마당에서 우지직하면서 쿵하는 소리가 들렸다. 놀라서 마당으로 뛰어나갔더니 배롱나무가 쓰러져 있었다. 아들이 운동을 하다가 옷이 나뭇가지에 살짝 걸렸다는데 힘없는 노인처럼 주저앉더라고 했다. 드디어 이별하는 날이 왔나 했는데, 나무가 있던 자리에는 신기한 일이 벌어져 있었다. 썩은 나무의 속이라 몽땅 비어 있을 줄 알았는데, 그 밑동 속에서 열다섯 가지나 되는 새싹이 자라고 있었다.

죽은 나무라고 베어냈더라면 새싹을 만날 수 없었을 거라는 생각을 하니 아찔했다. 내가 밀어도 넘어갈 듯하더니 그날까지 버티고 있었던 목적은 그 싹을 보호하기 위해서였던가 보다. 저처럼 얼어 죽는 게 무서워 바람막이가 되어주었던 게 틀림없었다.

죽은 듯 서 있었지만 나는 수없이 나무를 쓰다듬으며 꽃이 피었을 때 부르던 모차르트의 '주님을 찬미하라(라우다떼 도미눔)'를 불렀다. 마지막에 나오는 '아멘'의 음절은 애절하면서도 고와서 '아멘'이 저절로 나왔었는데 나의 간절함을 들었다는 말인가.

부산의 화지공원에는 800년이나 된 배롱나무가 두 그루 있다.

이 나무도 원줄기는 죽고 주변의 가지들이 별개의 나무처럼 살아남아 오늘에 이르렀다고 하는데 천연기념물로 가꾸고 있다.

우리 집 배롱나무가 묘목이지만 잔병 없이 자랄 거라고 기대한다. 모성도 뿌리도 강하여 성목으로 키워 줄 거라는 믿음이 간다. 내가 정성을 들인 만큼 튼튼히 자라 이다음에 고목이 되어서라도 대를 이어놓고 가지 않겠는가. 나무에 모성이 있다는 말은 듣지 못했지만 나는 그게 모성이라고 단정했다.

수명을 다한 고목 뿌리가 새싹을 솟아나게 한 강인함은 우리도 모르게 쏟은 노력과 아픔이 있었을 것이다. 이러한 나무들의 생명력이 있어서 오래된 집이었음에도 돋보였고 정서를 안겨준 나무로 대접받을 수 있었다.

그 후로 자미화를 마주할 때마다 나는 감사함과 새싹을 감싸려고 서 있었던 고목의 숭고한 희생 앞에 숙연해진다. 산에서 만나는 고목들도 예사로 보이지를 않는다. 우리의 어머니들 같아서이다.

(2008년)

성모상

바람이 뼛속까지 부는 날이었다. 다음날은 영하 9도로 내려간
다는 예보가 있어서 서둘러 마당에 있던 화분을 닦고 물을 충분히
주어 집안으로 들여놓았다.

며칠 전, 뒤뜰을 정리한 뒤로 견비통이 생겼는데 무겁고 큰 화
분을 옮겼더니 허리가 아파왔다. 늘 해오던 일인데도 은근히 부아
가 났다. 기어이 화분을 정리하느라 식탁에 올려놓았던 성모상을
본래 있던 곳으로 모시려다 놓치고 말았다.

고운 안면은 다행히 간직하고 있었으나 목 부분이 잘려나가 도
저히 그대로 모셔둘 수가 없게 되었다. 그때 스치고 지나간 건
여태 깨닫지 못했던 나의 옹졸함이었다. 일찍 들어온다고 했다가
도 늦을 수 있는 거지 남편으로부터 늦겠다는 전화를 받고, 왜
나만 이런 일까지 도맡아서 해야 하나 하면서 불평을 쏟아낸 게
발단이었기 때문이다.

이 성모상은 성모병원에서 작은딸을 낳아 퇴원하던 날 남편이 딸과 나에게 준 선물이다. 그날부터 우리 집과 인연이 되었으니 30년이 넘었다. 기쁜 일보다는 적막한 일이 있을 때마다 거실과 방을 오가며 성모상 앞에 엎드려 기구했던 날들이 스쳐 지나갔다.

시어머니와의 관계가 삐걱거릴 때도 이 기간이었다. 고부간에 갈등이야 내가 잘해도 겪을 각오를 했지만, 시누이들의 간섭이 힘들게 했다. 마땅히 갈 곳이 없어 서러움을 참고 성모상 앞에 앉아 성가를 부르며 하소연했다. 특히 작은딸의 나이와 같아서인지 그 애가 대학에 합격한 날은 이 성모상 앞에 엎드려 오래도록 감사의 기구를 드렸다.

기도의 대상은 헤아릴 수 없이 많아 무릎이 아픈 줄도 모르고 이어졌다. 때로는 촛불이 다 타서 촛농이 흘러내려왔다. 또 우환이 있으면 교우들이 먼저 알고 같은 시간에 이 성모상을 놓고 9일 기도를 하면서 쾌유를 빌어주었다.

그 뒤로도 아이들이 대학원을 졸업할 때까지 낱낱이 일러바쳤는데도 성모님은 무언으로 답변을 주시곤 했다. 성모상이 깨지기 전에는 몰랐는데 불평만 안겨드리지 않았는가. 죄스러움이 밀려왔다.

더 이상 곁에 두고 볼 수가 없어 버리려고 마당으로 나갔다. 성모상에 망치를 대려니 차마 손이 움직이지 않았다. 밤바람도 추웠으나 속이 참기 어렵도록 떨려왔다. 송구스러워 그냥 묻을까도 했으나, 혹시라도 누군가 땅을 파게 되었을 때 놀라지 않을까 하여 잘게 조각내어 자루에 담았다.

이튿날 혼자 처리하려고 했는데, 말이 없던 남편이 자루를 들고 앞서 가는 게 아닌가. 우리는 둘이 다니던 산으로 갔다. 이왕이면 높되 양지바른 곳을 택했다. 돌산이라 잘 파지지 않았으나 언 손을 녹여가면서 깊이 판 다음 정성껏 묻었다.

땅을 파는 데만 열중하느라 가시덩굴에 손가락이 찔려 피가 흐르고 있었는데도 아픈 줄도 몰랐다. 하산하는 길에 근처 성당에 들렀다. 미사 도중 영성체를 하기 위해 제대 앞으로 나가는데 갑자기 묻고 온 성모상 앞에서 기도하던 일이 떠올랐다.

자식들의 일로 기도가 길어진 날이었다. 촛불을 켜고 네 시간가량 지났을 즈음, 뱀이 입안으로 들어가 혀를 널름대며 드나드는 환시를 보았다. 빠져나올 수가 없어 허우적거리고 있었는데 실올처럼 빛이 들어오더니 머리끝까지 섬뜩했던 기운을 밀어내고 있었다. 그때 어둠을 몰아내게 한 것도 나의 기도가 아니라 성모님의 능력이었다고 믿는다. 그동안 우리 식구들을 보호해주고 어둠을 다 가지고 가셨다고 믿으니 눈물이 나서 성가를 부를 수가 없었다.

성당을 나와 성모상을 묻은 산을 바라봤다. 나의 신앙심이 두터워졌는지 성모님은 언제나 내 안에 계실 거라는 믿음이 생겼다.

남편과 나는 성모상이 없는 거실이 너무나 쓸쓸하고 오래 비워 둘 수가 없어 미사 후에 성모상을 샀다. 지난 실수는 잊고 새 성모상을 모시라는 뜻으로 받아들이기로 했다.

집에 와서도 다친 손가락이 아팠으나 나는 '어머니가 이 아픔을 통해 저희 잘못을 용서하도록 하느님께 전구(轉求)해 주시고 앞으로 암담함이 닥칠지라도 헤쳐 나가게 도와주소서.'라고 간절하게 기도했다.

(2008년)

빨간 선인장

가뭄 끝에 비가 내렸다. 마당에 내놓은 게발선인장이 기세등등하게 줄기를 뻗더니 마디마다 빨간 꽃을 피웠다. 이 선인장은 이웃에 사는 할머니가 주셨다. 당신 딸과 동갑이라고 나를 딸 대하듯 정을 쏟아주셨는데 갑자기 돌아가셔서 꽃 자랑하기도 민망하고 슬프다. 새빨간 꽃 위로, 하관할 때 본 명정이 스쳐 지나갔다.

할머니가 돌아가시기 한 달 전쯤 신부님과 교우들의 방문이 있을 때였다. '생전에 또 언제 신부님을 모실 수 있겠냐'면서 허리가 아파도 참으면서 푸짐한 음식을 대접하였고, 당신이 뜯은 쑥으로 떡을 만들었다며 나눠주었다.

선인장은 여러 해 묵어서 겨우내 꽃을 피웠다. 베란다의 꽃 중 돋보이도록 화사했는데 축포를 터트리듯 연속 피어나는 끈질김은 장관이었다. 마디 끝에 꽃 심지가 나오면 할머니는 나를 불러 선인장꽃을 앞에 놓고 차를 마시며 시간 가는 줄 몰랐다.

견물생심이라고 점점 그 꽃이 탐났다. 눈치를 채셨는지 달라고 도 하지 않았는데 가져가라고 하셨다. 원하던 꽃을 얻었기에 기뻤 으나 그도 잠시 가실 날을 예감하셨는지 얼마 후 돌아가셨다.

30여 년을 이웃에 살면서 알게 된 할머니의 일생은 가시밭길이 었다. 젊어서는 아들을 낳지 못해 소박이라도 맞지 않을까 노심초 사하면서 살았고, 늘그막에는 위암인 남편을 간호하면서 시간을 보냈으나 할아버지마저 이승을 떠나셨다. 그 허전함을 화초에 쏟 으며 뜰은 외로움을 줄이는 거처로 삼으신 것 같았다. 그중에서도 게발선인장을 정성들여 기르셨고 나에게는 친정어머니처럼 정을 베푸셨다.

마당에 있는 선인장꽃을 본다. 생뚱맞게 너울거리는 게발선인 장의 새빨간 꽃잎을 보니 중국영화 『패왕별희(覇王別姬)』에서 춤 추는 '우희'가 떠오른다. 추켜올린 눈꼬리를 독특한 화장술로 빨 갛게 칠한 반달 모양의 입술 역시 새빨갛게 그린, 경극배우의 춤 이 강렬하게 남아 있다. 한이 서린 가늘고 높은 가성으로 흐느적 거리면서 노래 부르던 '우희'의 목소리와 선인장꽃이 하나둘 벌어 지는 순서는 우희가 손가락을 펼치면서 춤을 추는 손짓과 닮아 보인다.

할머니도 노래를 즐겨 부르셨는데 목청이 다듬어지지 않은 아 이 같았다. 곱게 부르려고 애쓰시던 모습은 경극배우 '데이'가 가 성으로 상체를 비틀며 내던 가느다란 음성과 비슷하였다. 할머니 는 남편의 회갑잔치에 한복을 입고 춤을 추었는데, 날씬한 키에 좁은 어깨 너머로 수건을 쥐고 얼굴이 살짝 내비쳤는데 고왔다.

눈꼬리를 올리며 손가락을 폈다가 접는 데이의 동작과도 유사했다.

둘째 아이 분만일을 앞두고였다. 남편이 출근할 때만 해도 산기(產氣)가 없었는데 갑자기 진통이 왔다. 금방 죽을 것 같은 무서움 속에서 떠오르는 분이 이 할머니였다. 나를 부축하여 분만실에 들여놓고 대기실에서 순산하기만을 간절히 바랐다고 했다.

선인장은 높은 사막지대에서 자생하는 반면 사막에서도 자란다. 수분의 발산을 막으려고 잎은 퇴화하여 가시로 변형되었다. 가시는 자신을 보호하는 훌륭한 수단이다.

선인장을 보면 나를 보는 듯하여 애처롭다. 나도 이 땅의 여성들이 걸어온 길을 왔을 텐데 왜 그토록 견디기 힘들었는지 모르겠다. 내가 나를 잃지 않으려고 보이지 않는 가시를 세우고 살았기 때문이다. 누가 선인장처럼 아름다운 꽃을 피웠느냐고 물어본다면 대답할 수가 없으나 사막이나 산악지대에 갖다 놓더라도 지탱할 수 있겠느냐고 묻는다면 자신이 있다고 하겠다.

화려하게 피는 꽃일수록 질 때는 추하기 십상인데 게발선인장은 정갈한 여인이 임종을 앞두고 장롱 정리를 해놓듯 꽃잎을 조신하게 오므렸다가 똑 떨어진다. 할머니도 꽃처럼 가셨다.

먼저 피었던 꽃들이 지려는지 꽃잎이 시들해졌다. 연달아 한 달이 넘도록 꽃을 피우던 게발선인장이 오직 한 송이만이 남아 나와 눈을 맞춘다. 내가 선인장처럼 꿋꿋하게 살기를 바라던 할머니가 빨간 꽃잎에 머물고 있는 것만 같다. (2003년)

붉은 연꽃

내가 어렸을 때, 아버지는 '연홍아! 네 이름은 『옥루몽』이라는 소설에서 따다가 지었다'라고 말씀하셨다. 나는 『옥루몽』이 무언지 뜻도 모르면서 호기심을 갖게 되었고 아버지로부터 되풀이하여 들어도 질리지 않았다.

어제는 아버지가 그리워 친정어머니가 주신 대나무 궤를 뒤져 보았다. 반갑게도 그 안에는 아버지가 생전에 사용하시던 곰방대와 손때 묻은 『옥루몽』 한 권이 들어 있었다. 겉장에는 구매하신 날짜와 내용을 간추린 글이 빼곡하게 적혀 있었다. 활달한 글씨체, 아버지의 친필을 대하는 순간 보고 싶음이 솟구쳤다.

어머니가 아버지의 유품 중에 이 궤를 주신 까닭은 나와 관계되는 책이라서 그러셨을 텐데 무엇이 바쁘다고 한 번도 열어보지를 못했을까. 출가외인이라고 해도 한심했다. 한 권을 읽고 부족하여 책방으로 가 최신판 세 권을 사 가지고 와 아버지를 떠올리면서 여섯 번이나 읽었다. 『옥루몽』의 원작자는 옥연자(玉連子)로 중국 명나라가 배경인 옛 소설이다. 여자 주인공격인 강남홍은 강남에 사는 홍랑이라는 기생이다. 원래 강남홍은 홍란성이라는 별이 하늘에서 떨어져 사람이 되었다. 남자 주인공 양창곡은 문창성이라는 별로서 홍란성과 같은 시기에 땅에 떨어져 둘은 가연을 맺게 된다. 이 이야기는 아마도 태몽을 꾸고 태어났다는 건 아닐는지. 홍랑은 문장이 빼어나고 가무도 특출하였는데, 싸움터에서는 총독인 남편을 보좌하는 부원수로서 쌍검을 쓰는 지략이 뛰어난 장수로 변신하기도 한다.

소설 속의 또 한 인물은 남방국의 공주인 연랑이다. 홍랑과 닮은 연랑은 쌍창을 쓰는 활달한 여장수인데, 홍랑과 맞서서 싸우다가 항복하여 그녀를 따르게 된다. 그러나 연랑은 어른이 되어 양창곡이 왕이 된 후에 가장 화려한 혼인을 하는 마지막 여인이기도 하다.

추측컨대 아버지께서 연홍(連紅)이라고 지을 때, 연랑(蓮郞)과 홍랑(紅郞)을 합하여 지었는지, 혹은 연랑(蓮郞)에 홍(紅)자 돌림을 한 것인지 알 수 없는 일이다.

공주의 신분으로 태어났더라도 후궁이 된 연랑이나 싸움터에 나가면 지략이 뛰어난 여자 부원수, '강남홍'에서 '홍'자를 따다가 나에게 지어주신 아버지의 속뜻은 어디에 있었을까. 실제로 『옥루몽』에 나오는 정실부인들은 이름도 없을 뿐더러 인품도 특성도 작품에서는 나오지 않았다. 하지만 위의 두 여인은 매력이 있다. 시작(詩作)이나 음률에도 뛰어나 가히 명나라 천자의 심금을 울릴 만했으니, 장수의 옷만 벗으면 당대의 절세가인들이었다. 늙어가면서도 아름다워 눈빛은 끊임없이 이야기하게 하는 힘이 있었다.

내 부모도 나에게 남다른 바람을 가지고 있었을 텐데, 아버지가 나에게 걸었던 소망은 어떤 것이었을까. 당시 딸에게 '蓮紅'이라고 지으셨다는 것은 아버지의 사상이 진취적이었다. 여자의 숙명이 아닌 자유와 개성을 살릴 수 있는 여성을 원하셔서 지으셨다면 나는 이름값을 제대로 하지 못하고 있지 않은가.

옛날에 아내를 내쫓을 수 있는 일곱 가지 악행 중의 하나가 말을 함부로 하는 것이었다니, 여자에게는 일체의 대화가 허용되지 않았던 셈이다. 살결이 희고 곱상한 나의 어머니는 상처받는 일이 있었어도 내색을 하지 않고 웃기만 하셨다. 어머니나 할머니처럼 순종과 점잖음을 미덕으로 알았던 당시의 여인들에게서 볼 수 있었던 불만이, 활달한 강남홍에서 따오게 한 건 아닐까. 아버지는 내가 구식 여자들의 생활방식과는 달리 정열도 있으면서 예술도 겸비한 여인이 되기를 바랐던 모양이다.

더구나 연(蓮)은 진흙 수렁에 뿌리를 내려 아름다운 꽃을 물 위로 피우는 특이한 식물이다. 바퀴살 같은 꽃잎에서 윤회(輪回)를, 수렁에서 솟게 하는 꽃에서는 환생(還生)을 상징하는 꽃이기도 하다.

우리 고전 문학에서는 연꽃이 깨끗하여 여성의 순결을 상징했고, 세속에 물들지 않는 군자로 묘사되기도 했다. 라일락처럼 강한 향기는 없으나 은은한 향기를 낸다. 흰색, 노란색도 있건만 유독 붉은색을 고집하셨던 아버지의 뜻을 헤아려본다.

또 '蓮紅'에는 여자의 기본적인 삶 이외에 딸이 원하는 일을 열심히 하며 살기 바라는 아버지의 기대가 담겨 있을 거라고 생각한다. 그래서 두 여인이 갖췄던 그 많은 능력 중에서 한 가지만이라도 지니고 싶은데 그것도 욕심일까.

(1997년)

한 줌 흙이 되기 전에

손영일 신부님이 돌아가셨다. 장례미사에 여러 번 참례해봤는데도 이번에는 어느 때보다 경건하고 슬픈 마음으로 옷깃을 여몄다.

그날 성가는 '십자가 가슴 안고, 제단 앞에 엎드리던 날, 오, 주여! 주님 앞에 한 줌 흙이옵니다.'였는데 그 성가를 들은 사람이라면 손 신부님이 그렇게 살다 가셨다는 것을 다 알고 있다.

가냘프고 높으면서도 푸근한 솔리스트의 목소리는 이층 성가대석에서 내려와 명동성당의 구석구석을 돌아 손 신부의 관 앞에 멎었다. 나는 천사가 나팔을 불며 신부님 앞에 잠시 머물다가 날개로 그를 감싸 안아 하늘로 오르는 듯한 환영을 보았다.

한 음도 소홀하지 않으며 진지하게 부르는 성가. 나도 늘 부르고 듣던 성가인데 그날따라 뇌리에 박혀왔던 것은 신부님이 신앙인으로서 보여주었던 모습을 다시 볼 수 없다는 슬픔 때문이다.

신부님은 토목, 전기, 설계에 기술과 소질이 있었다. 믿을 수 없을 만큼 절약심이 강하여 낡은 성당을 손수 증축하거나 보수하여 부담을 덜어줌은 물론 본보기가 되었다. 부임하는 곳마다 자기 일처럼 몸을 아끼지 않았던 신부님의 희생정신은 우리에게 영원히 남아 있을 것이다.

입관하기 전에는 유리관에 모신 뒤 깍지 낀 손위에 묵주를 얹고 40년 전 사제가 되었을 때 입었던 빛바랜 옷을 수의로 입혀놓았다. 첫 다짐을 그대로 간직하다 돌아간다는 뜻이라는데 신부님의 온화한 얼굴에서는 빛이 났다. 생전에는 헌 구두만 신었는데, 가는 길엔 새것을 신고 가시라고 새 구두를 신겨 놓은 게 보는 이들을 숙연하게 했다.

또 관보(棺褓)의 아래에 새겨진 '오늘은 나, 내일은 너(hodie mihi, cras tibi)'라는 라틴어 구절이 숙연하게 했다. 죽음은 삶의 또 다른 길일 거라고 막연했었는데 오늘이 아니면 내일이 내 차례가 아닌가.

신부님의 떠나가심이 안타까운 것은 그분이 이루어낸 업적도 크지만 남편과의 친분이 각별해서였다. 신부님은 다리가 불편한데도 남편이 직장 문제로 갈등하고 있을 때 직장까지 찾아와 기도를 해주셨다. 내가 백 번 기도해도 반응이 없던 남편의 일이 서서히 풀렸고, 신부님의 위로와 격려로 힘을 얻게 되었다. 장수하셨더라면 나처럼 아둔한 사람들에게 지주와 길잡이가 되어 주었을 텐데 못내 아쉽다.

이러한 분들이 일찍 돌아가심은 개인이나 사회에도 손실이 크지만 명동성당 안을 꽉 채우고 있는 사람들의 흐느낌은 우리 곁에 계실 때 큰 사랑과 은혜를 베풀었다는 걸 증명해주었다.

신부님이 생전에 말씀하시던 '나누어라, 서로 나누어라.'를 실천하신 일화는 유명하다. 그 중 소년가장에게 월급을 쪼개어 전세방과 학비를 대주기도 하였고 아버지가 직장을 잃어 불화가 잦은 집에서 말썽쟁이 일곱 살 소녀를 성당에 데려와 책도 읽어주곤 하였다. 어려운 이들의 친구가 되어 자신에게는 최대한으로 검소하면서도 엄격함을 잃지 않았다. 폐암의 통증 속에서도 아는 사람들을 귀찮게 하지 않으려고 무던히 참으셨던 분이다.

나는 성당에 가면 신부님의 신조였던 '나누어라'를 새기며 장례 미사에서 들었던 성가처럼 심혈을 기울여 부른다. 수십 년간 성가를 불렀고 '나누며 살라'는 말씀도 들었으나 그날처럼 소름이 돋는 감동과 일침(一鍼)으로 다가온 건 드문 일이었다. 내가 말과 행동이 일치하지 않았다는 증거였고, 욕심을 버린다고 했으나 버리지 않아서가 아니었을까. 앞으로도 듣는 이의 심중에 전해지도록 성실을 다해 성가를 부르려고 한다. 나도 한 줌 흙이 되기 전에 무언가 값진 실천을 해야 하지 않겠는가.

(2008년)

애정목

나에게는 사람과의 인연만큼 각별한 나무가 한 그루 있다. 단독주택으로 이사를 오던 날, 마당에서 반겨준 자귀나무이다. 키도 작았지만 굵기는 장정 종아리 정도밖에 되지 않았는데, 30여 년이 지나니 제법 가지를 뻗어 이 집에서 태어나 청년이 된 아들처럼 크고 튼튼하게 자랐다. 이사 간 사람이 일부러 심었는지는 몰라도 1층 아들 방에 들어가면 자귀나무 향이 방향제를 걸어놓은 듯 은은하게 들어왔다.

자귀나무를 운동친구로 삼게 된 것은 우연이었다. 내가 이 집에 왔을 때는 30대라 병원을 모르고 살았는데 50대가 되면서부터는 아픈 곳이 늘었다. 그렇다고 밤중에 운동을 핑계 삼아 나가는 것도 내키지 않아 골몰하는데 자귀나무가 눈에 들어왔다. 자귀나무는 다리를 올려놓기 적당한 위치에 가지가 쳐 있었고 저녁마다 마찰을 하다 보니 감촉도 매끄러워졌다. 팔다리를 걸쳐놓고 근육 마디마디를 풀 때는 꽃향이 치료제가 되어 안성맞춤이었다.

사람은 세월의 흔적이 이곳저곳에서 나타나는데 나무는 더디 늙어 가는지 꽃빛이나 향에 변함이 없었다. 나무를 눈여겨보았더니 내가 나무의 가지에 다리를 얹고 스트레칭을 할 때 나무도 혈액순환이 되었는지 가지를 더 다부지게 키웠고 꽃도 소담스럽게 피워냈다.

비바람 막아주는 울안에서 새들이나 앉았다가 가는 나무로 조용히 크는 것보다 저녁마다 내가 흔들어주어서 뿌리와 가지가 무성하게 자라지 않았나 싶다.

이 나무를 합환목(合歡木) 또는 야합수(夜合樹)라고도 부른다. 잎을 차로 달여 먹으면 부부의 금실이 좋아져서 이혼을 하지 않는다고 하여 애정목(愛情木)이라고도 부르는데 나는 이 이름이 좋다.

날이 흐리거나 밤이 되면 마주보는 잎끼리 일심동체가 된다고 해서 생긴 해석이지만, 나에게도 애정으로 감싸주는 듯 편안했다. 등이 아프고 혈압이 올라 뒷목이 뻑뻑하면 등과 어깨를 비비건만 나무는 불만하지 않고 풀어주었다. 나의 체력이 이만한 것도 자귀나무 덕일지 모른다.

집이 팔려 아파트로 가게 되었다. 내 친구가 되어 건강하게 해준 이 나무를 두고 가게 되었다면 발길이 떨어지지 않았을 건데, 딸이 근무하는 학교 뜰에 심기로 하여 덜 서운했다. 학교로 가서 대학생들과 지내다 보면 생기도 나고 더욱 우람해지지 않을까. 그동안 내 운동친구가 되어준 자귀나무에 해준 게 없어서 미안하다. 방안에서 바라보는 분홍빛 깃털이 오늘은 다른 날보다 쓸쓸하다.

(2009년)

단비

반가운 봄비가 내린다. 계속되었던 황사를 말끔히 씻어주고 있으니 더러워진 유리창을 닦아낸 듯 개운하다. 이 단비가 그치면 잔뜩 부풀어 있는 마당가의 진달래도 꽃망울을 터뜨리리라.

격주로 강남구청의 보육센터에서 동화구연을 하고 있다. 작년까지만 해도 꿈꾸지 못했던 일을 늦깎이로 공부한 전공을 살려 평소에 하고 싶었던 일을 봉사하니 보람이 있다.

올 2월에 대학원을 졸업했다. 모든 건 겪어봐야 안다고 딸과 아들의 힘듦이 짐작되었고 내가 졸업을 하고 보니 나 또한 대견하다.

대학원에 들어가는 데는 딸의 입김이 컸다. 나이가 들어 자식들이 장성을 해도 체념되지 않는 게 배움의 갈증이었는데, 딸의 박사학위 축하를 겸한 저녁식사 중에 '제가 졸업을 했으니 엄마가 대학원에 가도 되지 않겠어요?'하는 게 아닌가. 딸아이의 설득도 있었지만 딸이 졸업하는 게 기뻤던지 남편도 선선히 승낙을 하였다.

늦깎이 공부는 누가 하라고 하면 정말 못 할 일이었다. 살림살이가 복잡하다 해도 공부만큼 힘들지는 않았다. 졸업장을 필요로 할 일도 없는데 시간을 쪼개어 공부에 열중한 것은 아이들도 컸고 경제가 여유로워지면서 나에게 뭔가를 하고 싶어서였다.

강의가 끝나면 곧바로 도서관으로 가지만 졸음과의 싸움에서 이기기란 쉬운 게 아니었다. 당장 집어치우고도 싶었으나 참았다. 머리카락이 한 움큼씩 빠져도 포기가 안 되었고 자식들에게도 약한 모습을 보여주기가 싫었다.

그런데 입학원서를 접수할 때부터 곳곳에 포진되어 있던 복병들이 문제였다. 영어는 외국에서 살 때 공부한 걸 되살려 녹슬었던 기억을 닦아낸다고 해도 시력이 나빠져서 컴퓨터 앞에 앉을 수가 없었다. 아동학은 심리학을 다루는 학문이어서 낯설고 어설펐다. 두려웠던 건 내 아이들과도 의사소통이 되지 않아 세대 차이가 있는데, 같이 공부할 젊은이들과 화합할 수 있을지도 걱정이었다.

교정의 풍광이 아름답기로 소문난 학교건만 책가방을 메고 강의실과 도서관으로 뛰어다니느라 자연과의 교류도 잊은 채 보낸 2년이었다. 그러나 팍팍하기만 했던 나에게 공부는 단비와 같았다. 사회를 보는 시야도 넓어지고 젊은이들을 이해하며 그들과 더불어 살아가는 방식을 배울 수 있는 기회였다. 남편 내조와 아이들 뒷바라지 등 집안의 생활에서 내가 한 공부가 이웃에게도 도움이 되어줄 것 같았다.

내가 힘든 과정을 감내하고 이겨냈기에 보육센터의 유아들을 만날 수 있었고 봉사의 기쁨도 누리게 되었다. 초등학교에 다니면서 글짓기나 공부를 잘하여 상을 타오면 부모님에게 단비였던 것처럼 이제는 내가 그 아이들에게 단비가 되어주려고 한다.

화단의 분홍빛 진달래 꽃망울에 맺히는 빗방울을 바라보며 학교 도서관 계단을 오른다. 힘들 때마다 속으로 부르곤 했던 김동진 작곡의 「수선화」를 불러본다. '그대는 차디찬 의지의 날개로 끝없는 고독의 위를 날으는 애달픈 마음— 나도 그 눈길을 걸으리.'

창밖에는 여전히 황사를 씻어주는 봄비가 촉촉이 내리고 있다.

(2007년)

내 친구 경숙이

일이 있을 때마다 빠지지 않는 친구 경숙이가 있다. 청주에 사는데 그날도 결혼식장 안으로 들어오더니 카메라부터 잡는다. 결혼하는 주인공의 사진은 많지만, 혼주인 어머니의 사진은 없다며 자녀를 결혼시키는 동창생에게 포즈를 취하게 한다. 사진을 찍어 일일이 보내주는 자상함에 고개가 숙여진다. 가만히 앉아 하객 대접을 받기는커녕 부지런한 성품으로 이리저리 다니며 다른 동창들의 사진도 찍어 인화하여 보내주니 고맙다.

고교 시절에 친구는 피부가 뽀얗고 눈이 커서 코스모스를 연상하게 하였다. 다른 학교에서는 입지 않던 하이 웨스트의 주름치마에 조끼가 달린 교복을 입은 친구가 멋스러웠다. 기억 속에서도 경숙이는 피아노 앞에 단정하게 앉아 있다. 음악실에 가보면 음대에 지원할 학생들로 붐볐지만, 친구는 피아노만 쳤다. 나는 성악을 하는 동기들 틈에 끼어 연습을 하곤 했는데 우리에게 반주도

해주어서 인기가 높았다.

넓은 마당에서 꽃을 가꾸고 실내 꽃꽂이도 하며, 꽃 사진을 코팅하여 나눠주는 경숙이의 실천은 본받을 만하다. 사진이 천 장이 넘었고 작품사진으로 삼백여 장을 고르느라 한 달이 넘게 걸렸다고 한다. 신혼부터 피아노 교습으로 살림을 도우며 대학교수의 위치에 서도록 내조했던 부인의 고마움에, 남편은 눈물을 흘렸을지도 모른다. 이 부부는 신앙 안에서 돕는 동반자(同伴者)이기도 하다.

친구의 남편은 피아노를 치는 딸과 아내가 돋보이도록 색소폰도 배워 함께 연주를 한다. 남편은 친구가 노인들의 집이나 수도원에 갈 때마다 음식이며 음료수, 과일 등을 나르는 배달부 노릇도 해준다.

친구의 언니 두 명이 수녀이고 이 가톨릭 순교자의 후손이라 그런지 친구는 결혼만 했지 수녀처럼 산다. 또 결혼반지를 팔아 가난한 이에게 주어 그걸 안 남편이 반지를 사라고 돈을 주었는데 그마저 불우 이웃을 돕는 데 썼다.

나는 친구가 가톨릭 교우가 끼는 14금으로 된 묵주반지 외에 다른 패물로 치장하는 걸 보지 못했다. 남편과 외국에 갈 기회도 많고 딸이 독일로 유학을 가서 그곳에도 다녀오건만 그 흔한 화장품 하나 사오지 않았다고 한다. 오로지 꽃꽂이할 소품과 노인들에게 어떻게 하면 기쁨을 줄 수 있을지, 초와 같은 장식을 할 재료만 사왔다고 한다. 암 환자들이 동네에 생기면 찾아가 위로하고 기도해주었다. 죽을 쑤거나 색다른 음식을 만들어 환자들의 입맛을 돋워주려 애썼고, 밥 한 그릇이라도 더 내주느라 굶기도 했다니 천사임이 틀림없다.

또한 사십대 후반까지 파마도 하지 않았고 일 년에 한두 번 자르려고 미장원에 갔다는데 화장도 하지 않고 싼 옷을 입는다고 싸움을 한다고 들었다. 월급날까지 써야 할 생활비도 누가 사정을 하면 거절하지 못할 때가 힘들었다고 한다.

맹자는 부자(富者)란 외형적인 수치의 재물만이 아니라 인격, 자선, 미소 등의 덕을 두루 가진 자라 하였다. 미인(美人)도 외형의 아름다움만이 아닌, 맑은 영각(靈覺)을 지니고 굳건한 사고의 소유자일 것이다. 늘 미소를 짓는 경숙이는 분명 부자며 미인이다.

친구들끼리 회갑여행을 가자고 돈을 모았으나 그는 책을 만들겠다고 여행을 포기했다. 대신 꽃꽂이, 요리, 상차림에 관하여 전문성이 있는 「꽃 속에서 당신과」 라는 책을 만들었다. 회갑기념으로 내는 책이어서 그 남편은 하나에서 열까지 감수를 해주었다고 한다.

아내의 발자취를 정리해주며 어떤 회상에 잠겼을까. 그 책의 판권을 신부님에게 드려서 말기 암환자를 임종까지 보살피는 곳과 성지개발에 봉헌하겠다는 친구를 보면서 내가 초라했다.

돌이켜보면 우리는 고등학교 때부터 사십여 년 간 남다른 우정으로 이어왔다. 내가 막막해 할 때, 하소연을 들어주고 아낌없이 충고해주는 친구는 흔하지 않은데, 경숙이는 나의 장·단점을 보완하여 거리낌 없이 다독여주고 있으니 진정한 친구이다.

작은 딸이 의학전문대학원 시험을 보겠다고 공부할 적에도 애가 탄 나머지 친구에게 기도를 부탁했었다. 친구의 딸도 독일의 피아노대회에 나가니 기도를 해달라고 하였다. 서로 기도를 해주다 보니 마음의 문이 열려 진지한 대화를 할 수 있었다.

지금도 눈을 감으면 풋풋하던 여학생으로 돌아가 신앙과 음악을 화두로 이야기하느라 전화를 짧게 하지 못한다. 예향(藝鄕)인 남도의 예술 영향을 받고 자란 우리의 인연이 소중하게 이어지기를 바랄 뿐이다. 청빈하게 남은 생을 살겠다는 친구에게 더 큰 복(福)이 내려지길 기원한다.

Music of My family

My youngest son's shoes shall be 'mi', since they represent stability. Because my son's note is a semitone to my second daughter's, the two often clash. However, I placed them near since they understand each other inside out, being the new generation. The sound of my son's powerful footsteps go well with the dynamic and romantic piano piece, "Polonaise" by Chopin.

Twenty-four Cents and One Euro

One fine afternoon, I received an overseas package. It was a documentary film about celebrated contemporary musicians on tape. Mr. Jae-kwon Lee must have remembered my passion for music.

Mr. Lee was introduced to me as one of my husband's student. He made a lasting impression for being a freshman in medical school in his forties, even a few years senior to my husband. Then out of the blue, he dropped out of the school and emigrated to the States. Gradually, we lost touch. I assumed that he must have going through some tough times.

A few years later, my family came across Mr. Lee in his sizable Midtown grocery store in New York City.

At the time, we took a short break from my husband's job, who was a visiting research professor in the States. Maybe the world is yet a small place after all. Who would have thought that we ran into Mr. Lee in the vast land? The friendship continued ever since.

While catching up the years that we missed, Mr. Lee mentioned how he started the business. I took the liberty to make a note of his story. As a working class immigrant, he took up every job he could get, working over twenty hours a day. Finally he saved up some money to open a small grocery store. One day, a customer, an old Jewish gentleman, paid extra twenty-four cents (about 300 Korean Won) by mistake. Being who he is, Mr. Lee closed the store and found his way to the old man's house to return the change. Later, it turned out that the old gentleman was a well-known sculpture, and his wife too was a renowned pianist. From then on, Mr. Lee's immigrant life took a turn.

It might be that all beginnings are humble. Yet, we tend to ignore small things that is bound to accumulate. One that belittles small things might take fortune or credibility lightly. Some say that a part represents the whole. Mr. Lee valued earnest earnings even if they seem modest.

The sculptor was so impressed by the personality of Mr. Lee that he became a great supporter of Mr. Lee. Being a person of wealth and influence, the sculptor often accompanied Mr. Lee on upper-class gatherings. The old sculpture even introduced a prominent lawyer to Mr. Lee before his passing. The lawyer stood in for the sculptor when he passed away. With the lawyer's help, Mr. Lee's business prospered, opening up a sizable grocery store in a wealthy neighborhood. The former president Richard Nixon, a local, was one of his regular customers. When Nixon passed away, Mr. Lee was one of the two hundred guests, invited to his funeral.

Mr. Lee also remembered the small recitals thrown by the sculptor's wife when he paid a visit to their house. He slowly began to appreciate classical music, which he had no prior understandings before.

The film was a rare finding, featuring various classical musicians. The most impressive character was Ozawa Seiji, a Japanese conductor. A part of the film follows the unique path of Ozawa as a conductor. The film also presents Leonard Bernstein, Jessye Norman, and so on.

Born in Manchuria, the prodigy was educated in America. When appointed to lead a prestigious Japanese Symphony Orchestra at a relatively young age, Ozawa was involved in a controversy. Apparently, certain players were so unhappy with his aggressive style and personality that they refused to work with him. It is said that they were often offended when their mistakes were pointed out on the spot. Not to mention that his dramatic conducting style, the American way, was not welcomed in Japanese Classical music world. His career was in jeopardy when his wild style was considered as an insult to other accomplished Japanese conductors.

In time of trouble, it was Ozawa's teacher, Hideo Saito, who stood by Ozawa with sincere understanding. In the film, Ozawa expresses true admiration for his teacher and acknowledges Hideo's support to be the strength to overcome the difficult times. Eventually, Ozawa won nationwide recognition as well as international acclaim.

Ozawa showed special talent in composing and conducting in an early age. In 1959, at the age of twenty-four, Ozawa won the first prize at the International Competition of Orchestra Conductors in France. The music director of the Boston Symphony Orchestra at the time paid attention to his success in France, which led Ozawa to study at a music Center in the States. Ozawa tenured at the Boston Symphony Orchestra for twenty-nine years, until he became the first Asian principal conductor of the Vienna State Opera in 2002. Recently, a commemorative stamp featuring Ozawa, a Euro worth, was issued, a part of the series of postage stamps featuring leading conductors and musicians.

I was especially moved by Ozawa's passion for music, which led me to think the reason why Mr. Lee, an immigrant for over twenty years, enjoyed the film so much to make an effort to send it to my family. I assumed that the encouragement from passionate music was what Mr. Lee intended to forward.

Mr. Lee's gift became more meaningful when I had a chance to go see Ozawa's performance in person. It was the Vienna Philharmonic Orchestra concert, held to celebrate the reopening of Sejong Center. They played familiar pieces, mainly symphonies by Schubert,

Bruckner, and Brahms, in two days period. I was delighted to hear familiar pieces. Ozawa gave a passionate performance with his gray and bushy hair flying in the air, which was a delightful experience.

Ozawa's performance and Mr. Lee's success to me was the outcome of man's ardor and sincerity that shaped his fortune in troubled times; the achievement that was celebrated with a Euro worth stamp and motivated by twenty four cents. It bears the victory of the human spirit and passion for life during the most turbulent times.

(2004)

Cheer

It was the fourth day of a weeklong international tennis tournament in Japan. I was the sole and ardent rooter while my husband was playing seven tie-breaker games for hours.

While the court was bursting with roars every time a Japanese opponent won a score, I was the only one cheering for my husband. I cupped both hands over my mouth and shouted at the top of my lungs, knowing that it would only end up as a muffle.

Since the players of the tournament were doctors from all over the world, who were tennis lovers and selected from pre-match, the court was packed with their supporters. When my husband received the list of the matches, he found that Dr. Akuzu, a Japanese urologist, was the opponent for the match. In fact, Akuzu was a strong player and a member of the operating committee for the tournament.

For three days, before the match with Akuzu, my husband had played in courts on the outskirts of the region. Yet, the match with Akuzu took place in the central court. It might be the Akuzu's appearance. More spectators gathered as the expectation for the match grew, and I was more nervous than ever. Balls were flying fast, and the game would not come to an end.

As they went deuce several times, I spotted my husband hobbling. It must be the leg cramps. I rushed to the bench to ask for a brief break, but the committee would not listen. Then I approached the female announcer to plead with her who was about to resume the match. Fortunately, she announced a short break and allowed me to enter the court. While assisting my husband stretching his legs, I asked him to take it easy.

Both players looked very exhausted even from a distance. And the roaring cheer for Akuzu was overwhelming. At that instant, I heard someone shouting in Korean, "Go! Dr. Cho!", when my husband won a score. I thought I was hearing things. However, someone clearly cheered again. "Nice Shot!" I was glad as if I met a savior. It was a man's voice for sure, but when I looked around, I could not find any familiar faces. Anyhow it was touching to know that someone is rooting for my husband in a foreign land.

My husband seemed to have heard the mysterious cheer as well. He fought harder than ever until he lost by a match point to Akuzu. Despite the result, my husband fought a good fight with all his might. He was just as the winner.

Later, I asked my husband the reason why he was such competitive in the match in Japan. He told me that was thinking about the Japanese colonial era in Korea, which motivated him to do his best as a proud Korean doctor.

We attended a banquet in the afternoon after the four days of tournament. We were wondering about the mysterious supporter, and he found his way up to me when he spotted my traditional Korean dress. He was a pediatrician, born in Korea and raised in Japan. He was one of the players and noticed my husband's name on the list of matches.

He treated us like old friends from back home and

invited us to his house. He insisted that we stayed at his place for the rest of the tournament, saying that it would be much more comfortable than a hotel. We refused his generous invitation at first, but gave in at last. During the stay, he was overjoyed when I offered the food that I brought from Korea. Some side dishes, mixed soybean paste and Kimchi. Next few years, I used to set aside jars of soybean paste for him, ever since he mentioned that he would not forget the taste of Korean soybean paste. He picked them up whenever he had a chance to visit Korea.

Dr. Jung, Won-ki is his name. Though he lived his whole life in Japan, he kept his parents' teaching to keep his identity as a Korean. He even cherished his passport issued from Korea. His wife was also a Korean. He kept his Korean name, and the sign of his offices reads "Jung's pediatric clinic".

Mr. Jung loved to sing Korean oldies, especially by Patty Kim. The lyrics to "Parting" must had been the reminiscent of homeland for him, which his parents had always yearned for. "You will be on my mind from time to time/ though the ocean is in between us" Mr. Jung said that his parents used to sing the song in memories of his grandparents who were left behind. Out of nostalgia and love of his country, Mr. Jung sang Korean songs.

I learned the importance of the spirit from Mr. Jung. I assumed that Mr. Jung's love for Korean food was more than a mere taste matter. It was admirable that he had been trying not to forget who he really was. I believe that he would not have rooted for my husband among all the Japanese spectators, if he were not truly proud as a Korean.

I have friends and relatives who emigrated to other countries. At times, I came across some of them to visit home with irritating attitudes after a few years. They were so proud to have new nationalities that they looked down on Koreans. Even their accents seemed to change though they emigrated as adults. I find Mr. Jung to be a rare case. He is soon to be in his seventies, who lived most of his life in Japan, but still remembers the taste of his mother's soybean paste stew.

I do admire Mr. Jung for who he is. Moreover, I find his parents to be more respectable. I realized that striving to keep your roots as an immigrant is not a simple matter.

(2008)

Different Wedding

I received a letter of invitation from Kobe, Japan. One of my husband's close friends, a Korean–Japanese Doctor, had invited us to his son's wedding. His son was getting married to a Japanese woman.

I paid keen attention to the wedding since my children are reaching at the age. It was my first time seeing a Japanese wedding and I was excited as if I were a bride.

The wedding took place at a chapel in a hotel, and a Spanish minister conducted the ceremony in Japanese. When I expected contemporary church music, they played the hymn, "Ave Maria". And to my surprise, "Home Sweet Home" echoed in the hall at the end of the ceremony.

After the ceremony, we headed out to the terrace. A fistful of petals were handed to the guests to be sprinkled on the newly weds. At the sound of bells from the belfry, everyone cheered and blessed the young couple.

Then, it was time for the wedding reception. My husband and I sat down at a table where our name cards were set. An uncle of the groom sat next to us, who was kind enough to be a translator.

The unique Japanese tradition that I noticed was the role of a matchmaker. He or she must come to the ceremony to be the witness, moreover host the reception. On stage, the matchmaker entertained guests with the couple's life story while the couple sat behind him. Following the life story, the groom's boss got on stage, asking amusing questions to the couple before showing a prepared visual material.

What impressed me the most was the bride's attitude towards the series of questions that lasted for a while. She answered without any constraint, which was refreshing. However, it was overwhelming for me to picture my daughter taking such a liberty.

Laughter filled the banquet hall when friends of the groom handed something to the bride, whispering that it would boost the groom's stamina. I assumed it must have been something innovative since they were all doctors.

The bride changed her dress for four times during the banquet, and she got the most applause when she wore a traditional Korean dress. The grand finale was when the newlywed lit two large candles. As the hall went dark, there was nothing but the candle lights that wavered in the air. A flower basket was presented to the couple by a little boy and a girl.

It is said that Japan maintained two forms of wedding custom from ancient times to the modern era. One way was bride's invitation to her home. When a man found a female he liked on the street or in the crowd, he asked her name and address. If she let him know, he found his way to her place at night. She opened the door to accept his proposal when he called out her name, or sang a serenade.

The other way was husband's visitation to wife's house. Both spouses maintained their own domicile and met only at nights. The husband only spent the night at the wife's place. When they have a child, the wife took care of the offsprings. At the time, women were financially independent since they inherited realty from their mothers. If a husband stopped visiting, or a wife stopped opening the door, the divorce automatically took its course. Financially, divorce did not effect the wife since she had assets.

It seems that traditional Japanese marital practices did not follow the rules of monogamy. I assume the Japanese outlook on marriage represents free love, hence the lifestyles of liberal Japanese women might be possible. Early influence of European culture might have been a reason. Or, the clear separation on gender roles in maternal family practices seemed to affect Japanese women to be more strong and diligent.

I could only imagine the sense of responsibility that the newlyweds must have felt towards their future when the matchmaker went over their life story. It was touching to see the couple explaining their philosophy in life and life-long plans to the guests.

The guests celebrated and encouraged the newlywed with love, and helped the couple to reaffirm their priorities by asking their future plans. I thought we could pick up a few things from the wedding.

However naive it may be to believe that the happiness is realized by hoping or making an effort, the process of answering the series of questions did seem to help the couple to develope more sense of responsibility.

I believe culture and tradition form the basis of life's trajectory. Unlike Korean ceremony, the bride's active participation in Japanese wedding was unusual.

It seems that modern Korean wedding ceremony tend to focus more on formality. Some guests even excuse themselves during the ceremony. Not to suggest that we follow Japanese way, but I wish we could take more time to enjoy the banquet. It might inspire newlyweds' self-confidence when guests sincerely congratulate and encourage them.

My children will soon tie the knots. I do not wish them to be rushed off by another awaited couple in a wedding hall. I hope they have a meaningful wedding with traditional forms and values attached.

(2007)

Chorus

I sing whenever I have a chance since I was a child.
While humming, washing dishes or cleaning of a house
is never dull. When I feel blue, my heart lightens up
after singing a song. I sing out loud when sadness
strikes. I get soar throat, but the sorrow slowly fades
away. I usually sing quitely, but it gets louder when
time and place admits.

When I was a newlywed, my mother—in—law and I
did not get along. At one time, she harshly scolded me
for something I did, which I did not understand the
reason why. In desperate attempt to change a tense
atmosphere, I silently sang a hymn. Then, my
mother—in—law calmed down like magic. After the

incident, I even sang quietly whenever I had troubles with my children. It seemed effective every time, hence singing became a habit of mine.

From the dusk till dawn, my songs are countless. Rhythm flows in my mind, even when I am having a small talk with another. My silent songs are prayers, or fulcrum that holds my life together. A song from a weekly choir practice becomes my song of the week.

I only wanted to sing solo when I was young. I wanted to be a sole star whom everybody praises. I showed off my talent to sound the closest note on a score, the perfect pitch. And I couldn't bear a wrong note from the others.

I was selected to be a member of a chorus, run by a broadcasting station, in my elementary school days. I was a prima donna already. I yearned to be the one who sang solo that appears in the midway of a chorus piece.

I participated a provincial vocal competition when I was about twelve. I was one of the finalists, against a boy. Since he had the looks and talent, I was more nervous when I heard his perfect high—pitched voice. It was frightening to think that I would loose.

To my surprise, I was the grand prize winner. I should have felt like I was on top of the world, however a disappointed look on the boy's face bothered me more. If possible, I wished to share the prize.

We used to have entrance exam for middle school, and I unhesitatingly wrote down singing as my specialty on the application. I had not practiced singing for a while, but I thought the speciality would get me higher score. During the interview, I sang my heart out before the interviewers when asked, hoping to get a scholarship. My voice cracked at the beginning, but cleared on the third high note. I still remember the anticipation and perplexed feeling in front of the interviewers.

As I grew older, I had less chance of singing solo. Since I didn't persue voice as my major, opportunity for solo performances were scarce. I naturally choose to be a member of chorus.

While staying in the United States with my husband, I joined the faculty ensemble in Yale University. The conductor was a sensitive Russian who had Slavic tendency. Even though pronouncing Russian was difficult, the lyrical melodies of Russian songs we practiced were remarkably attractive. I assumed the love for music united the members of the ensemble, transcending nationality or skin color. I would not have blend in or made close friends with the members as I did then, if I only insisted on singing solo.

The ensemble often required a solist during the performances. For sizable concerts, famous vocalists were invited. For regular recitals, members of the ensemble were chosen to sing solo. I too, along with the other members, anticipated to be a solist. In fact, I did get lucky from time to time. One of the members even cried like a baby when they were not chosen.

After a long absence due to illness, I rejoined chorus a few years ago. I feared that I loose my position that I had before. Mixed emotions settled in, especially with the year-end concert preparation. When I heard familiar melody, I even felt sorry for letting go of another year and burst into tears. It was not until then that I could hear harmonious voices of others.

My priorities must have changed after the illness. I actually preferred chorus to solo. Afterwards, I could enjoy singing without yearnings of being a solist during chorus performances.

You loose to gain. After losing my health, I could appreciate the others more. I realized that I was not made to exist on my own. I was a part of my parents, my husband, my children, my siblings, and my friends. When reflecting upon my anticipation to be a solist, to be applauded, I got embarrassed. My views upon people around me have changed ever since. I tried to understand that each of us are paying our dues, and I shall be a comfort when needed. It is said that a chorus piece is a mimesis of natural sounds. I hope to be more in tuned with nature by singing chorus.

According to historical texts, it is noted that our ancestors sang together in the era of the Three Kingdoms. The volume of *Madame Suro* from *Historical records of three Korean Kingdoms*(*Samkukusa* in Korean) phrases that 'mouths of people melt iron'. People composed a song in attempt to rescue Madame Suro when she was abducted by a dragon. When the chorus began the dragon let her go. It seems that a chorus in ancient times had occult tendencies. Our ancestors must have enjoyed singing chorus.

After singing chorus for a long time, I now can understand it's virtue a little. You need to listen to others. However sweet your voice may sound, it should harmonize with others. It would be similar to the orderly ensemble of family or society. The harmony within a boundary is beautiful. Chorus is an art of accordance. If only people sang chorus more often, their egocentric minds would change.

When roasting sesame seeds, wet ones tend to pop. Some seed even pop even though they are not wet. I smile at times thinking of the popping seeds when a voice springs out in the midst of chorus.

Pianissimo(pp.) refers to the volume of a softest sound or note that still holds the sonic essence. So as the little voices in our homes or society that do not exist to be ignored. The beauty of chorus may be embracing and setting much value on the lowest sounds.

In a chorus, members will follow the signs of Pianissimo or Fortissimo. I would like to be the one who listens to others to adjust my voice. I hope my life encloses the beauty and spirituality of chorus.

(1997)

Lamp Light

The green leaves washed with rain dazzled my eyes in the morning sun. The shoots from a spreading yew looked pretty as green colored flowers. I used to look forward to May since the world shined in green. Besides, my mother was with me to wear my red carnation. Now that I am wearing one, I am blue that my mother is no longer with me.

When my children went to elementary school, a field day was usually around May fifth. I would take my mother-in-law to the school since she wished to see her grandchildren doing cute things. When her grandchild was on top of Go, during Gossaum, she cheered for him as loud as possible. At that moment, she seemed to forget joint pain.

After taking pictures and a full lunch, she talked about my husband's school days. There was a marathon, and the first prize was a pair of rubber shoes for a woman. Her son was so eager to win the prize that he ran with all his might. Surely, he won. However, when he presented her the shoes, she was far from being pleased. She scolded at her son and punished him for entering the race. I believe she appreciated his actions but didn't show it for some reason. Many years later, my husband realized that it was an act of tough love. She dearly hoped that he devote himself only on his studies.

My mother—in—law was strict. Whenever her son did something wrong, she reproached him and have him kneeled down. She even left him standing outside in a cold winter night without a jacket. While he was studying, she used to sew under a lamp light next to her son. When I got married, she handed me the lamp as an heirloom. Although the lamp turned out to be a piece of junk, she wouldn't dare to dismiss something that is meaningful to her child and herself. At times, my husband told our children about the hard times when he was studying under the lamp light.

My mother-in-law tightened her belts, so as to wear only old socks that were sewed up. There were piles of new socks in her wooden chest, but she would never put on a pair. She hated extravagance at all times. She insisted on leading a frugal life in order to help others.

After she passed away, while leaving off the mourning period, my husband kept a portrait of his mother in his study. Every morning, he sent his best regards to her. Also, he fell on his knees under the portrait for the longest time when he was going through tough times at work. Once, he mentioned that whenever he missed his mother, he felt like crying.

When her arthritis progressed, my mother-in-law was bound in indoors. But it didn't stop her from praying in mumbles. She used to repeat, "Please let my son do well and let me live long." While praying, her eyes were always wet. Her prayers were so heartbreaking that I could not bear to listen. Though she was taken by dementia, she never forgot to cry out her son's name from time to time, making sure that he was with her.

I believe that my husband keeps her portrait to appreciate her sacrifice for him. It might be her straying love that lets him kneel down with tears to discuss the obstacles in life with the late mother.

As my mother-in-law hoped, my husband graduated from a medical school and became a professor. He was the only one amongst his peers who choose to lecture and research over practice. Though he understood that it was a lonely path, he followed his mother's wish.

There was an episode behind his career choice. Once, my mother-in-law went to visit a relative in a university hospital. She happened to witness an embarrassing scene at a pediatrics ward, which a caretaker pointing an accusing finger at a doctor. As much as the caretaker ranted and raved, the petite doctor was utterly perplexed by the caretaker's accusation. My mother-in-law was so shocked at the unpleasant incident that she asked my husband never to be a clinician.

Being a faithful son, my husband followed his mother's wish and became a scholar. As he devoted himself to medical science, he aspired to be a Nobel

Prize winner. Although his goal was not realized, he published two papers on a prestigious medical journal with a professor from Yale University. The sight was deeply moving when he dedicated the papers to his mother and bowed down before her portrait. I believe his achievements were a reward for his efforts. In fact, he was so caught up with his research that he did not sleep for days until he had a nosebleed. Yet, without his mother's teachings, it would not have been possible.

Even though my mother—in—law is not with us anymore, her love is still the foundation of our family. I do believe that my children are well owing to her illustrious guidance as lamplight. Instead of candles, I should light the lamp on her upcoming memorial service.

(1997)

Music of My Family

Early in the morning, my husband asked me to put his old shoes out. He had been wearing a new pair since he officiated his disciple's wedding a few days a go. Maybe they were uncomfortable. Sadly, the creases on his old shoes reminded me of the wrinkles on his face.

I used to polish my father's shoes when I was young. Now, I shine my husband's shoes every morning. My father used to sang songs of resistance to Japanese imperialism although his love was for Korean traditional music. Taking after my father, I hum often. I even hum while shining shoes.

One day, while shining a pair of shoes, it dawned on me that the memories dwelt in my old shoes were the musics of the time. In my elementary school days, my white sneakers danced to the marionette, beating merrily and lightly. When both of our parents passed away, my husband and I put on a pair of white rubber shoes. On our way to the cemetery in the mountain, pallbearers' sorrowful dirge was too heavy to bear.

After giving birth to three children, my life seemed to headed towards a slow and easy-going path. As Handel's "Largo" sings, "I want to rest under the shades of green woods as if under my mother's arms"

When raising the children, I wore flats or slippers. Inside the house, I am barefoot most of the time when not wearing a pair of slippers. I even feel primitive nostalgia while walking. Needless to say that the prehistoric men were barefoot at all times.

When I walk barefoot on the lawn or ground, I enjoy the soft touch. Such a feeling reminds me of "Pastoral Symphony" by Beethoven. I feel as if I were a wood nymph.

I remember dimly about a film that I watched long time ago, *The Red Shoes*. A shoemaker made a pair of red toe-shoes for a ballerina with all his might. The ballerina successfully performed a show led by the shoes. After the performance, she was to marry a duke, but the shoes didn't stop dancing. It took her to the forest where she falls headlong over the cliff as if she were a butterfly. The shoes proved to be the spirit of love and dance.

The major score for the film was "Swan Lake" by Tchaikovsky. The splendid sounds of orchestra followed by the melodious oboe and strings take us to melancholy. The waltz in the second act reminds me of the ballerina in the red shoes, gliding the stage. I never wore a red shoes before but I feel as if I were a ballerina when listening to the music. I wish I could wear the red shoes.

It is said that one meets a person of a high caliber if one saw a bigger shoes than one's size in dreams. And, visa versa with a smaller pair. It is difficult to find a pair that fits perfectly even if they are to die for. As a new pair needs some time to get accustomed to, a couple needs some adjustments. Although the couple hurt each other along the path of life, I strongly believe that trust and consideration could mend the scars.

If I line up my family's shoes on a music paper, which note will they play and what kind of music would it make? As for my husband, his shoes shall be the 'high C' (high 'do') since he is a diligent man who has a strong character. I hope it move down to the 'middle C' (middle 'do'), so that they are more in tuned with me and my children.

My husband's footsteps move so fast that they resemble the clear sound of piccolo. I expect it to be the solemn sound of cello someday. I would appreciate it more if the emotional overture of the sound transforms from the preludes of "The Barber of Seville" by Rossini into the warm and vivid sound of "Suites for unaccompanied cello" by Bach.

My shoes shall be the 'middle C' at the moment, but I hope they move up to the high 'do' someday. I wish I were more assertive.

Since my shoes moan and groan during household chores, the sound resembles cello which bears extensive tone. Now that my children are all grown, the sound could lighten up to viola. It may be the romantic "Swan Lake" by Saint-Sa ns, sublimating sorrows and pleasures of life to music.

My first daughter's shoes shall be 'sol' where a G clef begins. She is a kind-hearted soul to lead the siblings with responsibility.

Her high heels always shine. The sound of her lively footsteps resemble the sound of rapid flute. They remind me of the crisp sound of flute portraying a lucid morning, in the first suite of "Peer Gynt" by Greig.

Since my second daughter is a negotiator with charm and wit, her shoes shall be 'fa'. When she walks snowy roads, her tiny and cute shoes sputter white snow. Her nimble steps make airy sound as if they were violins, high and delicate. When I see her tap walking in a pair of black sandals, I hear the cheerful tune filled with joy in "Spring Song" by Mendelssohn.

My youngest son's shoes shall be 'mi', since they represent stability. Because my son's note is a semitone to my second daughter's, the two often clash. However, I placed them near since they understand each other inside out, being the new generation. The sound of my son's powerful footsteps go well with the dynamic and romantic piano piece, "Polonaise" by Chopin.

As the red toe—shoes represented the spirit of dance and love, I hope the shoes of my family be the sprit of music and love. As each different note ('do', 'mi', 'fa', 'sol', and 'do') creates beautiful music only when they are in harmony, I hope chords of euphony fulfil our family. I would not ask for more if the notes of my family on a music paper be a great symphony.

(1998)

Crape Myrtle

Lately, the crape myrtle in my garden fascinates me. I thought it faded away, but it looks lovelier than the trumpet creeper at it's side. I am gratified as if I were to meet a man awakened from a deep sleep, whom I never thought I could meet again.

When I moved into my house thirty years ago, the crape myrtle was fully-grown, standing tall in the center of the garden. A gardener once said that it should be about sixty years old at least. It grew so tall and strong that I could reach it's branches at the upstairs' balcony. When it's in full bloom around summer, passersby are lost in admiration.

A few years ago, severe cold in sixty years closed

in. It snowed everyday. When we just moved into the house, we used to have a gardner to wrap trees against the cold every year. However, considering the volume of work and energy that I put into the renovation of the house that year, calling the gardner was the last thing on my mind. Besides, I remembered the tip from a gardener for thirty years that a crape myrtle did not need the protection. The result was brutal. The crape myrtle was severely damaged by frostbite. I felt guilty thinking that I did not even bother to worry about the bare tree when I made a great fuss about the cold under the layers of clothes.

According to *An essay on floriculture* (*Yang-hwa-so-rok* in Korean) by Hi-an Gang, who was a royal subject of King Sejong, crape myrtle was referred to Ja-mi-wha. It is also called as Bek-il-hong since it blossoms for a hundred days ('Bek-il' as hundred days and 'hong' as color red).

In order to distinguish crape myrtle from Bek-il-hong in the family of chrysanthemum, it is also called Mok-bek-il-hong. Or, Bae-long tree, derived from Bek-il-hong. Our ancestors cherished crape myrtle as the tree of wealth and prosperity.

I treasured the crape myrtle in my garden, not because it represents wealth and prosperity, but because I have personal attachment to the tree. When we just moved in, for a couple of years, I found my house from a distance by looking at the gorgeous shape of the crape myrtle. Furthermore, it brightened the house when it began to blossom in July. The flowers lasted until the early autumn. While humming or reading on a blanket under the tree, I would not dream of luxury homes.

When I suffered from appendectomy and gum disease later, the shades under the crape myrtle were the only comfort. I slowly recovered my health by singing under the shades. Though the tree did not blossom after the blizzard, I couldn't just have it removed. I waited several springs, hoping that it would sprout again. My husband, who cherished it as well, watered and fertilized it devotedly. In winter, we wrapped old clothes around the tree base. We did what we could do even though it might be too late.

They say that having a dead tree in the house brings bad luck, but I couldn't just have it removed when I was the one who was responsible for loosing the tree. Strange it might sound, I couldn't make up my mind whether to move or renovate the house when thinking of the crape myrtle.

Five years passed and new spring came. The crape myrtle still didn't sprout until the end of the spring. From nowhere, pigweed nested and blossomed in the rotten hole of the tree. While watering the weed, I was convinced that the tree might come to life.

It was the day after a heavy rain that I heard cracking noise with loud thud from the garden. I rushed to the garden and to my surprise, I found the crape myrtle fallen on the ground. My son said that his clothes were lightly caught in the branch of the crape myrtle while exercising, and it fell down like an old man. I finally thought that it was time to say good bye, yet I saw a miraculous sight where the tree once stood. I assumed that the inside of the dead tree was empty, but I found fifteen twigs budding inside the base.

I almost felt dizzy when thinking that if I had it removed, I would not have meet the new buds. I guess the dead tree stood firm to protect its new buds after all. The old man must have withstood to shelter the buds to prevent the similar disaster.

I used to stroke the bark of the tree and sang, "Sing Praise to God (*Laudate Dominum*)" by Mozart whether it blossomed or dried out. At the end of the song, the notes were so beautiful that "Amen" chanted naturally. The tree must have heard my ardent wish.

There are two crape myrtle in the Whaji Park in Busan, which are estimated to be eight hundred years old. The ones standing are said to be the new buds that replaced the old trunks. They were designated as a natural monument.

I am hoping that the new buds in my garden grow up without any minor illnesses. I firmly believe that the strong roots will guard the new twigs so that they grow up to be mature trees. And as much as I cared for them, they will again leave an offspring after a healthy life span. It must be the motherhood of trees though I never heard of such a thing.

The great efforts and patience must be the force behind the dead tree to bud a new life. The full vitality of the trees flattered the house though it is old, which makes me emotionally attached to the trees and house.

From then on, whenever I see a crape myrtle, I remember the old tree that cherished the young life with noble sacrifice. Even withered trees in mountains look as if they have the sublime cause. They remind me of mothers.

(2008)

Hate Living in an Apartment

The fatigue finally caught up with me after loads of house matters. Even though I rested all day, it did not get any better. Stray thoughts came to me as memories: my friend who collapsed at a swimming pool in her twenties, or my teacher who died young. Maybe it was the illness that took over the mind that caused the ominous thoughts.

The warbling sounds of birds in the garden caught my attention. I opened the window to see what was going on. Strangely, as the warbling got louder, my mood brightened up. They were familiar sounds but somehow refreshing. If they were sounds of piano from the neighborhood, it would have been more distracting.

Anyhow, I got better as the temperature dropped hearing the refreshing sound.

Various kinds of birds fly into my garden. Some stay in as if it were their home. All because of the food for my dog. A Jindo breed, Beki always set aside some remainder of his food for birds. While sitting apart from the birds, he watches them eating. Like myself, he may be pleased with the visitors playing in the garden. Although my family treat Beki, a dog with a good pedigree, with affection, his wish for freedom did not seem to subside. It seems as if he leaves his food to see the birds freely come and go. When I realized that I have never fed the birds before, I feel Beki is somewhat kinder.

Of course, Beki is not always kind. While the family is out for a dinner or get—together, he puts a bitten sparrow at the front door. It might be an expression to show how lonely he is. He might have made friends with the birds since he longs for a life around him.

It is rare that birds stay close to a breed that is known for rough tendency. However, the birds dared to approach him for food. They might be more courageous than me, who never dared to do anything. I felt like I should shake the fever right away.

I have lived in this house for over thirty years. Many single residences in the vicinity had been renovated into multi family house over times. Things have changed. The quiet neighborhood became noisy and crowded with tenants. As for cleaning the alley, it became my job since nobody volunteered. Besides, our rooftop has gotten hotter in the summer, and visa versa in the winter since the buildings rose up to surround my house. In the old days, I used to rest on the rooftop after dinner, enjoying the cool breeze. It was far refreshing than the wind from an air conditioner.

Although I am tired of cleaning after dogs and birds, I do enjoy watching the dogs and birds in the garden. However, with my poor health, I am tempted by the convenience of apartment. My daughter pressed me for moving ever since I mentioned the possibility.

My husband is the only one who is against the moving. He said, "I hate living in an apartment! I won't budge an inch!" He was stubborn as a rock. He also did not like the idea that he moved away from his work place. He claimed that an apartment is like an expensive closet. The idea of moving ended in smoke even though I did not give up.

Later, I disclosed the reason why we would not move into an apartment to his friends in a gathering. One of his friends mentioned, "What a swell guy! He would be the last one who has his own ways in everything." All roared with laughter. On one hand, the idea of my dear old house seemed to be more than a nest. Memorable things happened in this house. I gave birth to three children, and my husband was promoted to Dean.

If not the house is so rusty, I honestly do not want to move out. My house is full of trees, flowers, birds, and familiar sounds from the neighbors. Whenever I enter the house, maple, yew, juniper, and silk tree in my garden welcome me. If I part with them, I shall feel sorry.

I heard that my husband lived in a house full of trees and birds when he was a child. A few years ago, when he was unconscious from a car accident, to his claim, chirping sound from his childhood woke him up. He said that, in his dreams, he was climbing a tree like old times when a chirping sound shook him. I wonder what would be the mystical force behind the experience.

Honestly, I didn't believe his story at the time, but I came to empathize with him only after my fever came down from the chirping sound.

According to a dance therapist, the first step for healing is to listen to the sounds of nature: chirpy birds, murmuring stream, and whistling wind. It is only after when the sounds of nature soothe patients that they could start the therapy. Of course, I would hear birds sound in an apartment, but I would not be able to watch my dog, playing with birds.

Outside the window, the garden is chock−full of birds. Beki is already sitting far from the food container so that he could watch the birds eating the leftover. He is wagging his tail as if he loves what they are doing.

(2007)

A Couch Like Woman

My husband returned home from three months of medical treatment. As soon as he entered the living room, he asked about the long couch. I told him that I threw it away for it was worn out. Before I even finish the sentence, he got furious. He said that he used to sit or lay on the couch whenever he was tired, and it was the only thing that eased him. Then he confronted with me for not consulting with him. 'not consulting' was the root of all problems.

I did not know that he had been attached to the couch as much. I did not tried to explain further, knowing that he would not let it go easily. Besides, I was afraid that his condition might get worse. He was scheduled to receive outpatient treatment for sometime, and the relapse was the last thing that we want.

The accident was a terrible shock to both my husband and myself. We never had such a fatal accident in the family before. And when he was unconscious for three days, laying in the Intensive Care Unit, I experienced the most desperate moments in my life.

While he was in the Intensive Care Unit, I came home one early morning to change, after taking care of him all night. As I was stepping into the front door, the sight of couch looked terribly shabby. Before the accident, my husband used to spend most of the time on the couch when he was home. It somehow seemed ominous to the point that it looked scary. The image of my husband, laying unconscious, was thrown upon the couch. I saw myself as well, a woman who was on the point of a breakdown. Day and night, I was tending my husband in the hospital, praying and crying for his recovery.

I do not know what came over me, but I asked my son to drag the couch out of the house. I understood that I could not escape from misfortune that fell over me, but I desperately wished to free myself from the restraint. It seemed that getting rid of the couch was the only thing that I could contain my feelings of loss and confusion.

The couch was made of synthetic leather, which seats and armrests had holes and scratches. The couch had survived through many rough years since my children were young. No furniture would have withstood all the damages. For the last twenty years, a cloth cover shielded the couch, but it's zipper was even out of order long time ago. Moreover, even the cushions were too heavy since they are out of style. I used to struggle with it when changing the cover to wash.

Although the accident had nothing to do with the couch, it reminded me of my husband in pain, every time I took a look at it. The disheveled sight of cushions through the broken zipper resembled myself, battling against trauma. The discolored cover resembled dullness of my life.

Though it had nostalgic value since I used to sit on it when the writing was blocked, or upsetting things happen, I did not regret getting rid of the couch. I just did not want to waste my energy on unbearable things any more. All these years, I was the couch, the patient one, but stagnant with ill health. I repent bitterly that

I endured the intolerable, and did not even try to aim high. I suspected the useless couch to be the cause for all the misfortunes.

Like "An empty chair" sings, "Whoever standing is welcome/ I'm an empty chair/ I'll be your seat" Although I exerted myself to master the household matters and provide comfort to my family, I did not have any authority to execute the most trivial things against my husband or my mother-in-law's wishes. Therefore, throwing away my husband's favorite couch, while he was hospitalized, was a revolt against him: something that I dared not to imagine before. It was my repressed anger for all these years, finally exploded.

It may be inconvenient to live without the furniture that lasted in one place for a long time. However, I felt light-hearted as the living room became spacious. Emptying things turned out to be a relief. I had an intuition that something good might happen soon.

Sooner of later, I found a comfortable chair in the schoolyard when I went for an evening exercise. It was tilted to fit a person's body when sitting down: It's sitting board was curved as the lines of rear end, and the backboard was made to lean against. It was made of hard wood, but it's soft touch did not feel like rigid piece. It would suitably alleviate fatigues of loin and neck. I used to think that a good chair should be soft and plush, but maybe not. Regardless of the material, a desirable chair should be the one grow to be more comfortable when naturally accustomed to.

Although the old couch is gone, I intend to be a comfortable chair: The long wooden chair that is driven by pegs instead of iron nails and planed elaborately. The one and only chair that my family looks for after school or work.

The significance of a house is not in it's form or appearance, but the right use of the space, both inside and outside. I once heard that the principle of a good design is simplicity. For modern life is complicated and full of frequent accidents, I wish to have wisdom to lead more simplified way of life with more blank spaces, at least in my home.

After getting rid of the decades−old couch, I was searching for a replacement. Thankfully, my husband's health filled the void.

(2010)

Annual Ring

　　While hiking the mountains, I sat on a chair made out of tree stump. It's annual rings caught my eyes. I took interest in annual rings of trees ever since I visited the Museum of Natural History, to see diverse shapes and types of annual rings.

　　When I looked closely at the tree stump, I found annual rings have their own unique patterns. Some were broad with faint lines, and some were narrow with distinctive lines. Some were densely aligned, and some were rotten inside. Needle-leaf trees, such as pine trees, have vivid lines, whereas broad-leaf trees, such as maple trees, have pale lines.

　　I became nostalgic while looking at the stump. I felt

as if I were fallen like the tree. My childhood innocence was long gone and the wishes as well. I wondered what these trees wished for. One might have wished to grow tall to build large buildings. One might have wished to be girders, supporting a Korean-style house. Or, one might have wanted to be a Hwa-cho-jang(finely carved wooden chest) by an artisan.

Annual rings undergo changes according to the temperature. Flood or drought effect them heavily. In spring and summer, active cell division of trees causes high water absorption, therefore their cell membrane becomes thin and pale. From autumn, trees grow slow, so their cell membrane becomes thick and dense with saturated colors. Concentric rings are formed when pale and saturated membranes take turns. Thus, annual rings are shaped, or matured.

If annual rings contain history of a tree, what would my annual rings enclose? As a self-portrait, I hope to draw annual rings of mine in every ten years.

In my teens, I laughed a lot with joy. Writing novels were my priority when going through puberty, and I had a hard time managing my grades. The times resemble the rings of dracaena fragrance, whose white inner layers gradually turn red to form distinctive lines.

In my twenties, I received letters from my boyfriend who was stationed in Vietnam. My replies were the prayers for his safe return. The times resemble the rings of needle-leaf tree, which are vivid and thick.

Before I got married, I spent most of my time on piano practices and flower arrangements when off duty. The soft lines would draw a worker bee on a flower, holding a music note.

In my thirties, while residing in the States, I traveled Europe with my children. I visited landmarks, cathedrals, galleries, and birthplaces of great composers. I felt like I owned the world when I gave birth to my son in my late thirties. My rings shined as ever before.

In my forties, I rediscovered literature and joined a literary circles. Fascinating lectures and occasional recitals in the woods filled my days with bliss. The times would make flawless soft rings.

Yet, in my late forties, I was stricken with health problems that lasted for a while. Like a damaged tree from a drought, hard and hollow lines were formed.

In my fifties, I was baffled with heavy waves of life for being the eldest daughter—in—law. Rough and crooked lines were formed. Perhaps the annual rings are hardly recognizable by mushrooms around the stump.

Around my sixtieth birthday, my children graduated from colleges and my husband retired. The rings must have stopped forming lines for two years while I also completed graduate courses.

When trees face problems, such as late frost, draught, or insect attack, the cambium layers are damaged to form no ring or false rings. Since my hands were almost paralyzed while writing my thesis, I should have a few false rings.

When I look at the self—portrait according to my annual rings, I realized that I have less substance than appearance. There were several incidents that were too hard to bear, and I felt as if flames reduced my heart into ashes. The portrait appears as gray as the ashes. For that reason, I would rather be a bamboo, empty inside without rings or suffering.

Many bamboos only flower at intervals as long as sixty or a hundred and twenty years. These taxa exhibit mass flowering, and the periodic flowering are followed by death of the adult plants. It has evolved as a mechanism to create disturbance in the habitat, thus providing the seedlings with a gap in which to grow. New trees sprout where the withered grove lies, which is one of the mysteries of life.

Each new bamboo shoot grows vertically into culm. Although my physicality does not allow vertical growth, I do aspire to reach up to the sun, cloud, stars, and the moon, as bamboos do. Bamboos must go though harsh growth pain that comes with the aspiration, and it is compensated with hollow inner culm. It is incredible that the emptiness suits them to be various kinds of flutes, such as Toong-So, Pi-Ri, and Dae-Geum.

I wish to be a bamboo so that I could be a Dae-Geum to sound silky and melancholic tone. I would not mind having no annual rings if I could only console my shattered heart by being the sound of Dae-Geum.

(2008)

Amore Mio

I often visit Flower Village, Kkottongnae, which holds about five thousand lost souls. Located in the central providence of South Korea (Eumseong–gun, Chungcheongbuk–do), Kkottongnae is a retreat camp for the homeless, panhandlers, abandoned children, disabled, and alcoholics. There, I met an elderly lady who beautifully sings "Sinno me Moro".

"Sinno me Moro", often referred to as "Amore mio", is the famous theme song for *The Detective*, an Italian film from the sixties.

I used to sing the song from time to time as well. The elderly lady sang in Italian without any errors. Her foggy and melancholic tone was ever so charming. She must have been pretty chic in her prime since she did not miss a note without any accompaniment.

I once asked her why she sings the same song. To my surprise, she answered that it was her daughter's favorite song. It was unusual since Kkottongnae only accepts individuals without family. I was curious to hear about her family.

She was married to a professor, who had an affair to have an illegitimate child. Eventually she caught on to the truth and suffered from the trauma. Divorced and disabled without any care, she begged her mother to send her to Kkottongnae.

A sister recollects the disabled divorcee being hysterical when she arrived at the facility. As the time passed, she calmed down. I assumed that the carrying hands eased her pain somewhat.

The elderly lady has to lie on her side from the paralysis. I could only imagine the ordeal that she went through, struggling to keep her spirits up from resentment.

It is sad to see her desperately clinging to the song against ascending dementia. Even when I sing the song, I control my emotions to sing in clear voice. I could tell the efforts that she put in to clear her voice from despair.

Yet, when she sings the song, she does not look like an eighty-year-old woman. She is full of life, moreover shines. Ever since she arrived at Kkottongnae at the age of fifty-nine, she never had a visitor for twenty years. She must have been passing time singing the song. The only way that she knew how to ease her longing.

I wonder what the power of love could do. I might not fully understand her pain, but it brought tears to my eyes when I thought of her longings for her child.

It became a habit of mine to see her whenever I visit Kkottongnae. I anticipate to hear from her daughter, and I wish that her daughter take her ailing mother home someday. The elderly lady does not even recollect her name, but remembers the song perfectly. I suppose she awaits to sing the song to her daughter when they reunite.

It is not only her singing that surprises me, but also her looks. She looks far younger and merrier than other seniors in the facility.

It is said that she graduated from a prestigious art

school. She might be picturing her daughter in her head when she sings the song. She sings, "I want to be with you always."(*Voio resta co"te sinno" moro*) I assume that she wishes to forget all the sorrows in her daughter's arms. In my mind, I reply, "Don't cry and let your sorrows rest with me."(*Nun pia"gne state zitto su sto core*)

It would be difficult to look beyond her dementia when you first meet her, but her singing slowly grows on you. I usually imagine a flower when I listen to her song. They say that love is a flower of life that transcends loneliness and sufferings. It would not be easy to love someone to death, as the title of the song translates. It would require staking your life for someone, or filling in for someone when troubles strike. I cannot say that I fully empathize with her for I never had the experience of loving someone that desperately.

The last time I saw her was in mid January. It was a cold and foggy winter day. It might have been the weather. She looked pale and helpless. I was worried if she passes away unexpectedly.

How would she look when she passes away? She might turn to dust as the bride from a folklore. The bride in bridal gown was said to evaporate when the awaited groom had returned and touched her after so many years.

As the elderly lady sang "Loving to death", I prayed for her. I was concerned that she might not be able to rest in peace if she had anything left to forgive.

Tears came down when I stepped on the field of snow. I could not seem to get her out of my mind. She greeted me and sang "Sinno me Moro" as if I were the long lost daughter.

(2009)

가족의 글

조용호

국립묘지에서 만난 박 병장

조창훈

람다의 세계

국립묘지에서 만난 박 병장

조용호/ 남편

  1969년 6월, 나와 전우들을 태운 이오지마 군함은 부산항에서 월남의 다낭 항을 향하여 출발하였다. 끝없이 펼쳐지는 망망대해에서 나는 월남전에 자원하여 고국을 떠나는 길이었건만 착잡함을 금할 수 없었다.

  부모님께 말씀조차 드리지 않은 월남전 자원이기에 부모님은 꿈에도 모르실 일이었다. 맏이여서 유독 나를 의지하시는 부모님과 철부지 동생들, 그리고 사귀고 있던 지금의 아내 모습이 떠올랐다. 못 볼 지도 모른다는 불안감이 엄습해왔다. 태평양의 6월 바닷바람이 덥기도 했지만, 긴장한 탓에 입과 코에서는 단내가 나고 땀이 줄줄 흘렀다.

  나는 해군 포항병원에서 군의관으로 마칠 수 있었으나 그 당시 내 또래 젊은이들은 월남전에 투입되어 꽃다운 목숨을 바치고 있었다. 그런 전시에 우리나라에서 안전하게 군복무를 한다는 게 왠지 안일하게 판단되어 월남전에 참여하기로 결심했다. 만약 내가 월남에서 전사하게 된다면 조국에 헌신할 마지막 기회라고 각오하니 가슴이 벅차올랐고, 무엇보다 부상한 장병들을 치료해주고 싶었다.

내가 소속된 청룡부대 제19제대, 나와 장병들은 부산항을 출발한 지 13일 만에 월남의 다낭 항에 도착하였다. 항구에는 수많은 해병대원이 살벌한 모습으로 군함에서 내리는 우리들을 엄호하였다. 그제야 전쟁터에 왔다는 게 실감났다.

나와 함께 온 600여 명의 군인은 우리나라의 38선과 비슷한 호이얀으로 가려고 트럭으로 옮겨 탔다. 호이얀에서 2주간 기후와 지역에 적응하는 훈련을 받았다. 그 훈련을 마친 지 3일도 안되어 나는 작전에 투입되었다. 갑자기 다른 부대의 군의관이 전사하여 청룡 2여단 5대대 군의관으로 재배치된 것이다.

두 달쯤 되었을 때였다. 베트콩이 출동한다는 정보를 접하고 우리 2개 소대가 출전했다. 사람이 들어갈 만큼 땅을 Y자로 판 웅덩이에 한쪽은 박 병장이, 다른 쪽은 이 하사가 지켰다. 베트콩 쪽에서 포성이 콩 볶듯 쏟아졌고 우리 쪽에서도 대응사격 총성이 들렸는데 갑자기 뚝 멎었다. 대대반석에 있던 나는 전황이 어찌되었는지 몹시 궁금하였는데, 이 하사가 다급한 목소리로 무선전화를 했다. 박 병장이 논두렁에 쓰러진 부상병을 옮기다가 총상을 입고 전사했다는 것이다.

박 병장은 해병군의 특과에 자원했었다. 그날 아침까지만 해도 그는 위생병으로서 솔선수범하여 힘든 일을 맡아서 해주었는데…. 또한 그는 전투 중인데도 다친 부상병들을 신속히 옮겨올 정도로 담대하고 용감하였다. 소대원들이 싫어하는 야간배치 근무도 다른 대원을 대신하여 일주일이면 서너 번을 설 정도로 그의 의리는 유달랐다.

손발이 자유롭지 못한 부상자들에게는 밤 근무를 하면서 일일이 모기약을 발라주곤 하였다. 어느 날 아침, 그의 입술이 퉁퉁 부어 있었는데 "어젯밤에 월남 처녀모기와 키스를 많이 해서 입술이 부었다."며 너스레를 떨었다. 전투가 없을 때 소대원들은 반석에서 맛있는 반찬을 해서 밥을 해먹으며 휴식을 취하곤 했다. 그럴 때 박 병장은 대원들에게 특식을 제공하겠다고 위험해서 가기를 꺼리는 강에 나가 물고기를 잡아오곤 하여 대원들에게 인기 높은 선임이었다.

그날도 나는 그에게 귀국이 얼마 남지 않았으므로 조심하라고 당부했는데, 그는 자신이 선임이므로 꼭 나가야 한다더니 변을 당하고 만 것이다. 전쟁 통에서도 몸을 사리지 않고 부상병들을 위해 헌신하다 갔으니 순교자 같은 사랑을 남겼다고 하겠다.

그는 박애를 실천한 위생병이었다. 사람의 병은 의술로 고칠 수 있지만 상심을 치유할 수 있는 건 박 병장 같은 사람만이 가능하다. 그의 배움은 적을지 몰라도 인술만은 훌륭했다. 박 병장보다 의술은 더 있었을지 모르는 나는 그의 따스한 인정과 후덕함을 본받고 싶었다.

가난한 집 늦둥이 외아들로 태어나 어머니를 편하게 모시러 월남전에 왔다는데, 전사소식을 듣고 참척(慘慽)의 슬픔에 빠질 그분의 입장이 되어 보니 목이 메었다.

나는 가능한 한 빨리 박 병장을 옮긴 곳으로 가려고 했는데 운전병이 위험하다며 만류했다. 서툰 운전이지만 구급차를 몰고 박 병장에게로 무작정 달렸다. 보통 40분이면 가는 거리를 비가 쉬지 않고 쏟아져 땅이 질척거리는 바람에 두 시간이나 걸려 겨우 당도하였다. 나는 직접 확인하고 할 수 있으면 그를 살려내려고 빗속을 달려왔는데, 이미 박 병장은 미군 헬기로 후송된 후였다.

사태를 수습 중인 하사관에게 화장을 하게 되면 그의 뼛가루만이라도 줄 수 없느냐고 간절하게 부탁하였는데 일언지하에 거절당했다. 전시 중에는 당연한 일인데도 나는 기진하여 그대로 주저앉았다.

그와 함께 지낸 시간은 일 년도 안 되지만 박 병장은 나의 수족과 같았다. 언제 유명을 달리할지 모르는 전쟁터에서 함께 있던 전우들은 피를 나눈 형제 못지않은 우정으로 똘똘 뭉쳐있게 마련이다. 그는 참으로 소대원들에게 귀감이 되었는데, 그의 빨리 가버린 청춘이 아까웠다. 나의 안전을 지켜주었던 박 병장의 죽음이 내 형제를 잃은 충격만큼이나 다가왔다.

얼마가 지났을까. 40℃의 날씨였는데도 궁둥이가 차가움을 느꼈다. 얼룩무늬 바지가 물에 젖어 섬뜩할 만큼 차가웠던 것이다. 그런데 냉동실에 있을 박 병장은 얼마나 추울까. 그를 위하여 손도 써보지 못한 채 헬기에 실려 보낸 것이 끝내 안타까웠다.

"군의관님은 소리도 없이 우십니까?"

하사관이 손을 잡으며 위로해 주었다. 끊임없이 눈물이 흘러내렸는데 그처럼 많이 울기는 처음이었다. 한 달 후면 귀국할 박 병장, 전투 중에 부상한 장병들을 나 대신 언제나 데려오곤 했었지. 전투 경험이 많은 그가 왜 비까지 내리는 위험한 총알 밭으로 들어갔는지. 내가 맞을 총탄을 그가 맞았는지도 모른다는 죄책감으로 괴로웠다.

그 후 나는, 의협심이 생겨 일 년에 50여 번 참전하는 전방으로 자청하여 나갔다. 출동했다 하면 9일에서 12일 정도 싸웠고, 특수부대 출동시에는 전투에도 직접 참여했다. 여러 번 작전에 참여하고 나니 '나는 절대 죽지 않는다'는 신념이 생겼다. 애인이 준 복주머니와 묵주를 늘 지니고 다닌 힘도 컸지만, 어머니의 기도가 나를 지탱해주는 힘이 되었다. 혹 내가 전사하게 되도 의과대학 보내느라 허리가 휘었을 어머니에게 돌아갈 보상금을 생각하니 적이 위안이 되어 전쟁까지도 두렵지 않았다.

내가 참전한 전투 중에 베리아 섬 작전이 가장 치열했다. 작전개시 이틀 만에 베트콩이 쳐들어올 만큼 그 섬은 중요한 요충지였다. 40여 일간의 일진일퇴 치열한 공방전 끝에 아군은 베리아 섬을 점령했다.

그날 베트콩 두 명이 포로로 잡혀왔는데, 한 명은 허벅지에 총상을 입은 상태에 손은 묶였고 입까지 다쳐서 밥을 먹지 못하고 있었다. 그가 비록 적군이긴 하나, 나는 의사로서 밥을 떠먹이고 성심껏 간호했다. 베트콩들이 아군에게 자행했던 잔인한 일들은 괘씸했지만, 생명을 못 본 체 할 수는 없었다.

어느 날 그 베트콩이 통역관에게 할 말이 있다며 나에 관한 이야기를 하였다. 박시꼬(월남어로 그들이 부르는 내 이름)는 몇 번이나 사정거리 안으로 들어왔으나 대민을 치료할 때 얼굴을 알아서, 나와 같이 있던 통신병들에게는 총을 쏘았지만 나는 특별히 살려주었다고 했다.

우리 군의관들은 베트콩의 마을에 진료를 나갈 때마다 무섭고 두려웠다. 인명을 살리는 데는 아군이나 적군을 가릴 수가 없었다. 그저 부상자의 쪽에 서고 싶었다. 한 번은 3도 화상을 입은 다섯 살 아이를 살려내려고 혼신의 힘을 다하였는데 다행히도 완치되었다. 나는 그 지역 주민들에게 약을 나눠주면서 응급환자가 생겼을 때의 처치방법도 가르쳐주었다. 박 병장으로부터 배운 인술을 실천한 셈이다.

대민 진료의 효과가 컸던지 주민들이 연판장을 돌려 월남의 티우 대통령이 주는 월남국민일등훈장을 받기도 하였다. 나만의 훈장이랄 수 없다. 먼저 간 장병들과 박 병장의 몫이었다.

지금 되돌아보면 정말 죽을 고비를 아슬아슬하게 넘겼던 시절이었다. 하사관들도 가기 싫어하는 지뢰가 널려 있는 전투지로 기를 쓰고 들어가서 부상병들을 데려와 치료를 하였는데, 무모하기까지 한 내 용감성이 새삼 놀랍다. 지뢰를 밟거나 늪지대에 빠져 죽을지도 모르는 최악의 상황에서 민주주의 수호에 앞장섰던 내가 자랑스럽다.

전투에 나갈 때는 완전무장에 응급의료 기구까지 지고 다녀야 하는 게 무척 고통스러웠다. 귀국하고도 후유증으로 어깨의 중량감에 시달렸기에 그곳에서 일어났던 일들은 지우려고 노력했다.

월남전 후에도 그 나라에 갈 기회가 있었다. 그러나 베트콩의 포성이 뚜렷하게 남아 있기도 했지만 박 병장이 전사한 곳이라 애써 외면하였다.

전에 교통사고로 입원한 적이 있었다. 무의식에서 깨어났을 때 문득 월남전에서 전사한 박 병장이 떠올랐다. 그도 이승을 떠날 때 이토록 힘들었겠지. 죽음의 문턱까지 다녀온 탓일까. 그가 보고 싶었다.

퇴원하고 나는 그가 잠들어 있는 국립묘지 19묘역을 찾았다. 떠난 지 30여 년이 흘렀지만 어제 일인 듯 생생했다.

"태환아! 태환아!"

나는 무릎을 꿇어 그를 안듯 묘비를 끌어안았다. 얼마나 그렇게 있었는지 문득 호이안에서 느꼈던 차디찬 냉기가 내 몸을 엄습해 왔다. 다부지고 건장했던 그의 스물한 살 모습이 보고 싶었다. 목줄기에선 참을 수 없는 오열이 새어나왔다.

진작 그의 홀어머니를 수소문하여 뵙지 못한 게 후회되고 부끄러웠다. 내 나이 육십 중반에야 이런 생각을 하다니. 혹시 저세상으로 가셨다면 산소에 찾아가 아들을 대신하여 꽃 한 송이라도 놓아드려야겠다.

월남전에 참전한 내 전우였던 젊은이들이 전사하고 부상도 당했다. 그래서 보훈 가족이라는 아픈 이웃도 생겼다. 꽃다운 피의 대가로 오늘날 우리의 부와 국력이 있음을 부인하지 못한다. 고속도로가 건설되는 등 경제적인 밑받침이 된 월남전이 아닌가. 그 혜택을 받아 편하게 사는 요즘의 젊은이들은 공산주의의 잔인함을 너무 모르는 것 같아 안타깝다. 보릿고개에 월남전이 도움을 주었던 사실까지 모르는 듯하다.

남편과 자식을 잃고 아버지를 잃은 보훈 가족들을 더 따뜻하게 보듬어 안을 수는 없는지. 공산주의에 대해 경각심이 풀린 우리의 현실을 생각하면 답답하기만 하다. 월남전의 후유증에 시달리는 사람들, 목숨을 바치고 피를 흘린 전우들의 공이 흐트러져서는 안 될 것이다.

(1995년)

람다의 세계

조창훈/ 아들

학교 건물 중에서 늦게까지 불이 꺼지지 않거나, 심지어 불이 꺼지지 않는 건물은 의대건물이다. 밤늦게까지 실험이 끝나지 않아 고생하는 대학원생들과 다음날 시험이 있어서 준비하는 의대생들. 화려한 봄꽃들의 자태를 뒤로 하고 인류의 의학기초부문을 발전시키는 곳에 바로 내가 속해 있다.

나는 그중 한사람이 되려고 노력을 아끼지 않고 있다. 내 인생 중에서 도전을 많이 하는 중요한 시기였다. 대학교 때 다른 공부를 하였던 나는 석사 때부터 선수과목을 듣기에 바빴고, 박사과정을 밟으면서도 나의 부주의로 곤란을 겪기도 했다. 행동과 사고를 바꾸는 게 어려워 실험을 끝내고 뒷정리를 하지 않아서 다음 연구원에게 피해를 주기도 했다. 실험실에서의 일은 각자의 일정에 맞춰 짠 계획이므로 꼭 그 시점이 지나면 안 된다. 한 번 어긋남으로 며칠, 몇 주 동안 준비하였던 실험이 실패로 돌아갈 수도 있어서이다. 혼자서 연구하는 공간이 아니므로 배려하는 기본이 돼 있지 않으면 나쁜 결과를 초래하고 만다. 내 할 일과 실험에만 집중하다, 또는 나의 잘못된 습관으로 다른 사람들이 피해를 볼 때는 고개를 들 수 없을 만큼 미안하다.

또한 동료들이 유명한 의학 잡지에 논문을 게재하였을 때는 부럽기도 했고 조여 오는 초조함이 힘들게 했다. 학생이지만 사회에 나갈 준비를 하고 있는 단계이므로 길이 남을 논문을 쓰기 위한 공부도 해야겠지만 다른 사람들과 생활하는 방법도 중요하다고 본다. 그리고 내 이름 뒤에 따라다니게 될 '박사'라는 호칭에 걸맞게 살아가려면 스스로 다듬고 또 다듬어야 하겠는데 그게 잘되지를 않는다.

전 세계에서 우리나라의 부모님들만큼 자식에게 쏟는 정성과 교육열을 가진 분들은 없다는 통계가 나왔다. 나 또한 배움에 있어서는 당신들이 굶어도 자식들은 가르친다는 원칙과 애정으로 키우셨다. 친구 중에는 벌써 사회인이 되어서 부모님에게 용돈을 드리고 있다. 친구들의 모습이 부럽고 주눅이 들어 공부를 그만둘까 하다가도 내 등을 쳐주며 열심히 하라고 응원해주시는 부모님이 계시기에 잠시 해이해졌던 나를 다잡곤 한다.

내가 중고등학교에 다녔을 때는 이론이 우세하여 공식 외우기가 태반이었고, 수능점수를 일 점이라도 올리려고 열중했다. 그래서 대학에 들어가서는 체험으로 얻는 배움을 갈망했다.

대학에 들어가서야 고등학교 때 억눌렸던 구속에서 해방되었다. 틀에 박힌 학습보다 과외 활동이 잦았다. 지식을 겸한 산 경험이 중요하다는 걸 알아서이다.

과를 이끌어 나가는 과대표를 했기에 대표의 입장에서 다양한 프로그램을 추진하였다. M.T.(Membership Training), 학술대회, 응원전, 문화제 등, 고등학교 때 해봤던 학예회의 축제와는 달리 규모가 커서 의무감도 컸다. 그렇게 보여주는 내용들이 과의 얼굴이나 같아서이다. 이러한 경험을 바탕으로 가치관도 넓어졌다. 책임이 전제된 자유를 만끽하기 위해서 목표에 도전했고, 좀 더 시야를 넓혀야 하겠기에 외국에도 나갔다 왔다.

외국수업에 처음 참관하던 날은 충격을 받았다. 강의실 책상 위에는 학생들의 이름표가 있었다. 우리 강의실의 풍경은 교수님을 중심으로 3시간이 채워지는데 그곳의 수업은 예상과는 달리 교수님의 수업은 채 30분도 안 되었다. 나머지는 교수님이 던져주신 주제에 맞게 각자의 주장을 거리낌 없이 발표하는 식이었다. 이름표는 이때 교수님이 학생들을 호명할 수 있는 역할을 한다. 한 명의 주장이 끝나면 이어지는 반론들, 호명된 학생들의 눈에 빛이 날 만큼의 자신감과 당당함이 있었다. 진지한 토론을 보면서 나는 그들이 부러웠고 초라해지기까지 하였다. 문화의 차이도 있겠지만 다른 교육방식, 다른 교육현장을 보면서 우리나라 대학의 교육방식이 개선되기를 바라고 있다. 학생들이 이끌어 가고 학생들 전체가 참여할 수 있는 열린 수업. 쉽지는 않겠지만 각자의 주장에 대해 의견을 나눌 수 있는 분위기를 가질 수 있도록 해준다면 가능하지 않을까.

대학원은 대학 때와는 현저히 달랐다. 학생들이 수업을 준비하고 중요한 건 PPT로 만들어서 발표를 하고 있었다. 발표 후에 대학원생들끼리 나은 방안을 찾기 위한 논의를 하는데 진지하다.

이때 앞에 나서는 두려움도 있는데 외국수업을 참관하였을 때 느꼈던 눈빛을 떠올리면서 자신감을 얻기도 한다. 외국교육의 장점을 찾아서 주제에 맞게 도와주시는 교수님의 추임새에 맞춰 학문에 임한다면 흔하지 않은 결과물을 만들어내지 않을까. 지금은 미미하지만 머지않아 우리가 만들어내는 소리는 공명(共鳴)이 되리라 굳게 믿고 있다.

의대는 학교에서 높은 곳에 있다. 4층에 올라가면 동네의 건물들을 한눈에 내려다볼 수 있다. 게다가 날씨가 쾌청한 날은 남산타워까지 볼 수 있는 행운을 누린다.

실험실에 있으면서 인내심을 시험하는 날이 있다. 시원한 봄바람이 불고, 꽃냄새가 후각을 자극하는 날이다. 점심을 먹으러 밖에 나가면 학부생들의 활기찬 에너지에 나도 모르게 휩쓸리지만 시약냄새와 할 일이 쌓인 실험실에 들어오면 괴로워진다.

오죽하면 우리끼리 '실험실에 들어와서 얼굴이 몰라보게 상했다.'는 농담 아닌 진담을 할까. 실제로 동기들이나 나도 입학 당시와는 달라졌다. 남자들이야 손이 거칠어도 상관없었지만 여자들은 다르다. 실험을 하려면 라텍스 장갑을 끼는데, 실험시간이 길어질수록 손에는 땀이 차서 손이 쉽게 부르튼다. 또한 실험이 끝날 때마다 비누로 손을 씻어서인지 건조하고 갈라져 있다. 집중하고 앉아서 실험을 해야 하기에 어깨 근육이 뭉치고 결리는 일이 허다하다. 큰 돌덩이가 어깨에 얹혀있는 듯한 느낌도 든다. 무언가 뜻있는 일에 매달려서 정진해야 할 시간에 유혹들이 시소놀이를 하듯이 혼란스럽게 만든다. 그래서 꽃피는 날보다 비바람이 부는 날이 편하다. 싱숭생숭했던 마음을 일찌감치 접고 내 일에만 집중을 할 수 있어서이다.

1년에 두 번 실험실에서 O.T.(Orientation)와 대한분자생화학 학회를 간다. 이 외에도 다른 학회가 있지만 대개 당일로 다녀오는데 이 두 번의 짧은 여행은 1박 또는 2박을 하기도 하여 값진 편이다. 주로 학술대회와 학회를 전제로 하지만 실험실끼리의 단합과 연구내용들을 접할 기회이므로 매우 기다려지는 날이기도 하다.

O.T.는 신입생들과 각 교실의 포스터, 발표와 박사들의 연구발표를 중점으로 일정이 세워져 있다. 안면은 있지만 이날 서먹함도 풀게 되고 각 교실의 연구에 대해서도 들을 수 있는 날이 된다.

이날 큰 의미는 경희의대 기초의학의 미래를 건설하는 날이라는 데 있다. 올해가 두 번째여서 미흡한 점도 있지만 앞으로 들어올 후배들은 나아진 환경에서 공부할 수 있고, 연구에 도움받기를 바란다.

이런 행사가 한 번 더 있는데, 여름이나 겨울에 있는 대한분자생화학 학회이다. 일정은 오전과 오후에 각 학교 교수님들의 연구발표를 듣는데 현재 한국의 분자생화학 분야의 흐름을 접할 수 있다. 이쪽 분야의 사람들이 모여서 발표를 하고 질문과 대답을 한다. 이는 기초의학 분야의 발전에 이바지하리라는 기대가 크다. 밤에는 그들과 화합하는 조촐한 모임을 갖는다. 유희를 하면서 실험 중 힘들었던 일들을 격려하고 잘하자는 다짐을 빠뜨리지 않는다.

그렇게 학회에서 돌아오면 머리도 마음도 가득 차 있는 걸 발견

한다. 실험실에 있다 보면 이런저런 사적인 말도 하지만, 일에 치어서 서로를 돌아보기가 어렵다. 그러나 일 년에 한두 번 정도 회포를 풀고 지식을 나누는데 엄청난 결과를 얻게 된다. 학회 장소는 산이나 바다 근처에서 하므로 오랜만에 머리를 식히기도 한다. 이렇게 유익한 기회를 가질 수 있음은 우리가 후배들을 걱정하듯이 기초의학에 매진하셨던 선배님들의 노고가 컸음을 인정한다.

박사과정, 그리고 3년 근무해야 할 전문방위산업체의 연구요원까지 완수하려면 뚫고 나가야 할 벽이 한둘이 아닐 것이다. 하지만 나의 연구를 지속하기 위해서 오늘도 죽을 각오로 노력하고 있다. 뜨거운 가슴과 냉철한 머리로 발전하는 기초의학의 앞날에 한몫을 해보려고 말이다. 내가 하는 연구로 인해서 질병의 수수께끼가 풀리는 그날까지.

그렇게 되려면 한 치의 태만도 허용되지 않는 람다(λ)의 세계에서 살아남아야 한다. 세포와 조직을 다루는 일이기에 잠깐이라도 긴장을 늦추면 오염(contamination)이 되기 쉽고, 정확한 시간에 실천하지 않으면 실험 자체를 망치기 일쑤이다. 몇 주 동안 세포를 배양하여 시약처리를 하게 되는데 실수를 하게 되면 엉뚱한 결과가 나오거나 아예 나오지 않기도 한다.

오죽하면 세포배양을 하면서, 세포들에게 노래까지 불러 주었을까. 남들이 보면 이상하다고 할지 몰라도, 살아 있는 것들에는 관심을 줘야 한다고 판단했기 때문이다. 암세포들은 나의 고충을 아는지 모르는지, 또렷한 놈들도 많았고, 시름시름 앓다가 죽기도 했다. 속이 상했으나 나의 정성이 부족한 탓이라 여기면서 세

심한 주의를 기울여 세포배양을 하곤 하였다. 때로는 실험을 해야 하는 샘플의 수가 많을 때가 있는데, 시약을 넣다가 헷갈려서 처음으로 돌아가기도 했다. 대학원생이라면 한 번씩은 경험했을 일이지만 경험과 시행착오를 통해서 깨닫곤 하였다.

대학원생들은 각자의 연구주제를 교수님과 상의하여 결정한다. 졸업논문이 될 수도 있고, 나아가서는 의학 잡지에 실릴 논문이기도 하다. 나도 처음 내 연구주제를 받았을 때는 긴장이 되었고, 심장이 뛰기도 하였다. 차츰 연구에 몰두하면서 람다의 세계에 빠져들었다.

즐거움만 있지 않다. 결과가 예상했던 것과 다르게 나왔거나 복잡한 일들이 겹쳐서 절망에 빠지기도 했다. 하지만 오기로 파고들게 되었고, 애착을 넘어 집착으로 이어졌다. 공부를 했음에도 불구하고 얕은 지식이었음을 알게 되면 가족들에게 말도 못하고 고민했다. 아무리 힘들어도 그만두지 않겠다고 속으로 수없이 다짐을 했다.

화려한 나비가 되려면 추한 번데기의 변태과정을 거쳐야하듯 나도 그 과정을 겪고 있다고 판단했다. 현재 힘든 일들은 분명히 나를 성장 시켜줄 거라 믿는다. 단단한 각오로 내 연구에 열성을 다한다면 머지않아 눈부시게 아름다운 날개를 달고 하늘을 나는 나비로 탄생하지 않을까? 이런 다짐을 하면서 나는 오늘도 마이크로 리터(㎕), 즉 람다(λ)의 세계로 들어간다.

(2007년)

일상에서 얻은 깨달음의 화음

- 강연홍의 수필 세계 -

鄭 木 日

(한국문인협회 부이사장, 한국수필가협회 이사장)

1.

수필가 강연홍의 수필을 읽으면 편안하고 온유해진다. 삶의 휘파람소리가 들려온다. 휘파람이란 마음이 가을 하늘처럼 청명해야 울려나온다.

마음엔 먹장구름이 끼기도 하고 근심걱정으로 흐려지기도 한다. 분노와 슬픔으로 뇌성번개가 칠 때도 있다. '마음의 청명'을 지닐 수 있음은 누구나 가질 수 없는 큰 행복이다. 이런 경지를 가지려면 오랫동안 마음에 묻은 '탐욕'이나 '이기'라는 때, '분노'라는 얼룩, '어리석음'이란 먼지를 닦아내고 씻어내야 한다. 부단한 마음의 연마가 필요하다.

마음에서 휘파람이 나온다는 것은 평온의 미소이고 청명의 표정이다. 누구와도 맑게 대화를 나누고 싶은 소통의 신호음이다. 강연홍의 수필에선 행복하고 즐거운 화음이 울리는 듯하다. 성악가 한 사람의 독창이 아니라, 합창에서 울려나는 평화롭고 부드러운 화음이다.

어릴 적부터 성악가를 꿈꾸며 음악을 품고 살아온 저자는 음악이 없는 삶을 상상할 수 없었다. 어렵고 고통스러운 일이 있어, 이를 풀어내고 스스로 해소시키는데도, 마음의 어둠을 지워내는데도 음악이 있어야 했다. 기쁜 일이나 감사해야 할 일에도 노래가 있어서 미소가 솟아오름을 느꼈다. 음악이야말로 마음을 열고 삶을 이끄는 안내자가 되었다.

강연홍 수필가는 '마음의 선율'을 통해서 감정을 조절하고 세상과 소통한다. 이웃과 조화와 화음을 이루면서 삶을 영위해 왔다. 사람마다 마음을 안정시키고 위로하는 수단이나 방법이 있을 테지만, 강연홍의 경우처럼 음악을 통한 정화와 긍정의 힘을 얻을 수 있음은 하늘이 준 복이 아닐 수 없다.

음악은 그의 생활의 일부다. 램프와 같다. 그래서 그의 수필의 소재는 음악과 뗄 수가 없다. 등단작인 「합창(合唱)」은 40여 년간 방송국 합창단 활동 중에 경험한 장단점을 작품화한 글이다. 화음이 첫째인 합창에서처럼 이웃과 서로 양보하여 조화를 이루는 진솔함을 수필에 담고자 하였다. 일테면 합창의 맛과 멋을 생활에서 찾아내어 작품 속에 형상화시켰다.

빨래와 설거지를 하면서, 기쁘거나 화가 날 때조차도 음악과 살고 있다. 자면서도 흥얼거려 남편이 나를 깨운 때도 있다. 이렇듯 나는 음악 속에 존재하며 앞으로도 되도록 음악과 관련된 수필을 쓰고자 한다.

다른 작가들도 비슷하겠지만, 나도 일상 중에서 문득 감동으로 다가오는 음악과 문학이 만나 공감을 일으킬 때, 글쓰기에 의욕이 생긴다. 그때부터 소재 찾기에 매진한다. 길을 가다가도 레코드가게에서 흘러나오는 멜로디에 영감을 얻으면 그냥 지나치지 못한다. 천천히 걷거나 걸음을 멈추고 듣다가 그래도 아쉬움이 있으면 사서 가지고 온다.

여덟 살부터 결혼하기 전까지 나는 방송국의 합창단원으로 있었다. 결혼 후에도 성당의 성가대원으로 이어졌다.

―「무대에 서는 긴장감」 일부

강연홍 수필가는 '음악은 내 생활의 일부다. 램프와 같다.'고 밝히고 있다. 그에게 있어서 음악이 없는 삶과 세상은 상상할 수 없는 일이다. 그의 수필은 음악과 삶이 만나서 조화와 화음이 될 때 얻어지는 언어예술이다. 삶과 음악이라는 날줄과 씨줄로 수필을 직조해 내고 있음을 본다.

　　강연홍 수필가는 음악을 통해 기쁨과 즐거움을 뿜어낸다. 또한 삶의 어려운 실마리를 찾아내고 고통에서 벗어나 사랑의 손길을 내민다. 그의 수필은 음악이 내는 화음이다. 남들의 눈길을 받으며 박수갈채를 받는 독창자의 모습이 아니라, 전체의 화음을 맞춰 내는 데 전력을 다하는 합창단원으로서의 모습을 보여준다.

　　강 작가 삶의 합창은 '가정'에서 나온다. 남편과 아이들의 보조자와 뒷바라지에 신경을 곤두세우면서 합창 연주에 화음을 제대로 맞추기 위해 애쓰듯 가정을 위해 최선을 다한다.

　　수필이란 글쓴이의 모습을 거울에 비춰내 듯 거짓 없는 독백이요 토로이다. 그의 체험공간은 가정이며 성당이다. 수필의 주제와 소재는 가정, 가족, 사랑, 화목, 신앙 등이 자연스럽게 자리 잡고 있다. 주제와 소재를 연결시키고 글을 쓸 수 있도록 동기부여를 하는 것은 마음에서 울리는 음악이다. 마음에서 울리는 선율을 따라 글을 쓰는 사람은 마음을 따라 가기에 선율이 막히지 않고 자연스럽게 흘러가는 장점이 있다.

　　강연홍 수필가는 현모양처의 삶을 지향하며 근면성실을 다하는 모습을 보여준다. '신사임당'과 같은 고전적 개념의 표본적인 여인상은 현대의 추세와는 맞지 않은 점도 있다. 오늘날에는 가정이란 카테고리 속에서 남존여비의 사상을 갖던 시대가 아니므로, 개성과 전문성을 바탕으로 자신과 사회발전에 이바지하여야 한다. 이런 시대적 추세에 발맞추어 강연홍은 대학원 석사과정을 이수하고 평생교육원을 다니며 부단히 실력 연마와 사회봉사를 위해 힘을 쏟는 여성의 모습을 보이기도 한다.

시간을 쪼개어 글을 쓰고, 한 작품을 마무리하기 위해 많은 퇴고를 거치는 완벽성을 고집한다. 철저한 검증과 퇴고는 성격과 부합되는 면이 있다.

2.

강연홍 수필가가 등단 17년 만에 처녀수필집을 낸다. 수필시대를 맞아 '수필가(隨筆家)'가 많이 배출되었지만, 가(家)를 붙이는 것은 이미 일가견(一家見)을 이뤘다는 의미이다. 개성과 독창성을 지닌 작품세계의 구축을 의미한다.

수필은 시나 소설 같은 픽션과는 달리 체험을 바탕으로 인생의 발견과 의미를 담는 논픽션이다. 수필은 작가와 화자가 '나'이며, 주인공이 자신이다. 자신의 삶과 인생을 담아내는 문학이다.

수필을 쓰는 과정은 나와의 만남이다. 과거 속에 존재했던 나를 들여다본다. 시, 공간을 초월하여 나를 관찰한다. 과거의 나를 지금의 내가 보고 있다. 행동하는 나를 생각하는 내가 살피고 있다.

프랑스의 시인 아르튀르 랭보(1854~1891)는 시인을 일컬어 '견자(見者)'라고 했다. '보는 사람'이란 '관찰자'를 뜻한다. 작가란 자연, 인간, 사회 현상을 관찰자의 입장에서 살피는 사람이다. 관찰은

말할 것도 없이 기록을 위한 것이다. 이 기록은 관찰자의 인생적인 견해를 담고 있으며, 영원 장치가 된다.

관찰자는 모든 사람들이 잠든 밤에도 깨어 있어야 한다. 기록을 남기기 위해서이다. '보다' '관찰하다' '기록하다'는 간단하지 않다. '보다'는 보이는 것만을 보는 게 아니어야 한다. 보이는 것을 통해, 보이지 않는 것을 보아야 한다. 들리는 것을 통해, 들리지 않는 것을 보아야 한다. 자연현상을 보고 미래를 보아야 하며, 예측할 수 있어야 한다. 보이는 것을 표현하는 것은 평범하고 누구나 할 수 있다. 보이지 않는 것을 보는 것이야 말로, 비범하며 누구나 할 수 없다.

보이지 않는 것을 보기 위해선 인생의 경지에 도달해야 한다. 마음의 눈, 마음의 귀가 열려야 한다. 마음의 연마와 고독이라는 양식(糧食)이 필요하다.

수필이 다른 문학 장르와 다른 것은 작가의 인생경지가 곧 작품의 경지가 되기 때문이다. 시나 소설의 경우엔 상상력과 창의력, 구성과 기교 등이 중요한 요소가 된다. 하지만 수필에 있어선 작가의 체험을 바탕으로 사상, 철학, 미학, 종교, 인격 등 인생에 대한 발견과 해석력이 기초가 된다고 하겠다.

한 권의 수필집을 읽는다는 것은 시집이나 소설집과는 달리, 작가의 인생 전체를 들여다보는 일이 아닐 수 없다. 강 작가의 수필은 곧 작가의 인생을 말함이나 다를 바 없다. 이 때문에 수필집의 서평을 쓰는 일은 결코 쉬운 일이 아니다. 문학이 문장으로 표현되는 예술이라 해도, 문장 이전에 사상과 삶의 체취로 뿜어내는 경지가 있기 때문이다.

강연홍 수필가는 무엇보다 긍정적인 열정으로 삶을 영위하는 분이라는 인상이 선명하다. 강연홍 수필가의 삶의 내부는 열정과 성실과 사랑으로 차 있음을 본다. 이런 삶의 정신과 실천은 모성적인 에너지의 발현이라고 할만하다. 먼저 아내, 어머니, 주부로서의 역할과 직무에 최선을 다하는 모습이다. 이를 바탕으로 자녀교육을 비롯한 사회문제와 문필활동에 이르기까지 긍정적인 사고와 실천에 치열성을 보여준다.

강연홍 수필가의 수필세계를 살펴보면, 소재 면에서는 가정을 토대로 한 일상의 통찰과 발견 및 의미로 집약할 수 있다. 주제 면에 있어선 삶을 긍정적인 의식이고, 이에 따른 열정적인 모습이 드러난다.

3.

오선지 위에 식구들의 신발을 늘어놓는다면 어느 위치에서 어떤 음악을 연출할까. 남편의 구두는 그의 강하고 부지런한 성격으로 보아 으뜸음인 '높은 도'에 있는데 아이들과 정답게 지내도록 '가온 다(중앙 '도')'로 옮겼으면 한다.

남편의 발소리는 빨라서 뚜렷한 선율선을 지닌 피콜로와 같은데 장중한 첼로로 옮겼으면 한다. 음악으로 비유할 때 로시니의 오페라 「세빌리아의 이발사」서곡에서, 발랄하고 따뜻한 바흐의「무반주 첼로조곡」쯤으로 옮긴다면 한층 다정스럽겠다.

내 신발은 중심음인 '가온 다'에서, 내가 부족한 면이 많으니, '높은 도'로 옮겨 진취성 있는 현명한 주부이고 싶다.

집안일을 할 때 끙끙대는 내 신발소리는 넓은 음색을 가진 첼로의 소리 같은데, 아이들도 컸으니 비올라처럼 가벼워졌으면 한다. 음악을 통해 희로애락을 느끼며 좌절도 낭만으로 승화시킨 프랑스 생 상스(Camille Saint-Sans)가 작곡한 「백조」처럼.

첫딸의 신발은 '솔'이 되겠다. '솔'은 높은음자리표가 시작되는 음이니, 동생들을 이끌 책임도 있고 심지가 굳은 첫딸과 같다. 굽이 높고 앞에 각이 진 첫딸의 구두는 늘 반짝거린다. 첫딸의 활기찬 발소리는 순발력이 있는 플루트(flute)의 소리와 비슷하다. 그 소리는 '그리그'의 극음악 「페르퀸트」에서 제1조곡의 서두에, 아침을 노래한 플루트의 맑은 선율과도 같다.

끝에 딸의 신발은 식구들 중간에서 애교와 번뜩이는 지혜로 해결사 노릇을 하고 있으니 '파'의 자리가 적당하다. 눈 위를 걸을 때 뽀드득 소리가 날만큼 콩콩 튀는 걸 보면 신발은 작고 예쁘다. 높고 가냘픈 바이올린 소리로 들린다. 까만 샌들을 신고 또각또각 걷는 작은딸의 뒷모습에서는 멘델스존의 「봄노래」에 담긴 경쾌함이 넘쳐난다.

막내아들의 운동화는 안정감이 있는 '미'에 놓아두자. 아들의 '미'와 작은딸의 '파'는 반음(半音)이어서 마찰이 잦으나 신세대끼리 통하므로 '미'와 '파'에 놓았다. 녀석의 힘찬 발소리는 로맨틱하고 호쾌한 표현을 하는 쇼팽의 피아노곡인 「폴로네즈」무곡에 어울린다.

분홍신이 춤과 사랑의 정령이듯, 우리 가족 신발은 음악과 사랑의 정령이었으면 한다. '도미파솔도'가 각기 다른 음이지만 하모니를 이룰 때는 아름다운 음악이 되듯이, 우리 가정에도 은은한 화음이 이루어지면 화목하겠다.

이러한 오선지 위에 놓인 악보가 연주하는 음악이 우리 집을 화목하게 하는 멋진 교향악이 된다면 무엇을 더 바라겠는가.

－「우리 집 오선지」 일부

「우리 집 오선지」라는 이 한 편만으로도 강연홍의 삶과 이를 비춰내는 수필세계의 구조와 내용을 훤히 짐작할 수 있다. 그의 삶의 주제어와 지향점은 주부들의 공통 관심사인 가정과 가족의 행복 추구이다. 남편의 구두를 닦다가 가족 구성원들의 신발과 성격을 오선지 위의 음(音)으로 비교하면서 '화음'을 통한 행복을 바라는 모습이 잘 그려내고 있다.

묘사에 임할 때, 작가에 따라서 각각 독자적인 개성을 보이게 마련이다. 강연홍의 경우에는 음악을 살린 청각이미지의 묘사 능력이 탁월하다. 가족들의 신발과 성격을 음과 비교하여 화목과 행복이라는 전체적인 화음으로 빚어내기 위한 지혜를 보여주며, 이를 이끄는 지휘자는 주부임을 느끼게 한다.

강연홍의 수필 주제는 '가정의 행복'이고 음악을 삶의 선율로 삼고 가족 간 타인 간 사회 간의 소통에 화음을 빚어내고자 한다. 음악으로 마음을 풀어내고, 용기와 위로를 얻는다. 음악의 긍정적인 힘이 삶속에서 활력과 순화와 찬미가 되는 모습을 수필에서 보여주고 있다.

합창 중간에 독창이 필요할 때가 있다. 큰 발표회 때는 이름 있는 성악가를 따로 부르지만 보통은 단원 중에서 뽑는다. 서로 뽑히려고 안달인데 그 행운이 내 차지가 되기도 했다. 어떤 사람은 솔리스트(solist)로 뽑히지 않았다고 악보를 이마에 대고 울기도 한다.

몇 년 전 아파서 한참을 쉬다가 합창단에 나가던 날이다. 그 자리에 계속하여 앉을 수 있을지 두려웠는데 역시 건강할 때 부르던 노래와는 달리 착잡했다. 곡의 제목이 '송년의 밤'이어서 한해를 보내는 서운함이 겹쳐 눈물이 왈칵 쏟아졌다. 그때, 나의 귀에 같은 노랫말로 어우러진 다른 이들의 합창이 들려왔다.

아픔 뒤에 내 가치관도 변하는지 독창보다는 합창이 좋아졌다. 합창 중간에 나오는 솔리스트로 뽑히지 않아도 그 후로는 담담해질 수 있었다.

잃는 게 있으면 얻는 것도 있다더니 아프고 나서 사람도 그리워졌다. 나라는 존재가 저절로 우뚝 세워진 게 아님을 깨달았다. 나를 길러주신 부모님, 남편과 아이들, 형제들과 친구에 의해 제자리에 설 수 있음도 알게 되었다. 나를 뽐내려고 독창을 고집했던 게 부끄러웠다.

이웃을 바라보는 눈도 달라졌고 그들의 아픔도 나누어 가지려고 노력했다. 자연의 소리를 본 따서 만들었을 합창을 통해 자연과도 교감하려고 한다.

－「합창」 일부

「합창」은 인생적인 경지를 보여준 작품이다. 수필의 경지는 곧 인생의 경지를 말한다. 시나 소설과는 달리 인생의 독백과 토로의 성격을 지닌 수필은 꾸밈없는 인생의 내부를 드러내는 진실의 세계이므로 인생경지에 따라 수필의 경지가 달라진다. 수필이 문학인 이상 언어의 표현능력과 그 구사력이 뒷받침돼야 함은 당연한 일이다.

'자연의 소리를 본 따서 만들었을 합창을 통해 자연과 교감하려고 한다'는 대목에서 우리는 자연과 교감하는 인생 경지를 느끼게 된다.

합창단원은 각자가 맡은 음역에서 최선을 다해 화음을 이뤄내야 한다. 독창을 뽐내는 종달새나 뻐꾹새가 아니라, 산이나 숲이라는 거대 공간에서 구성원 모두가 참여하는 삶의 공존과 평화의 모습을 화음으로 보여주는 합창이 필요하다. 개인적인 삶을 살지라도 사회에 속해 있으므로 공익과 질서, 화합과 번영을 위해서 전체성을 살려나가는 공동의 노력이 필요하다.

4.

한 권의 수필집을 읽다보면 한 수필가가 걸어온 일생의 궤적과 나이테를 보는 듯하다. 우리는 수필을 읽으면서 작자의 삶과 인생을 본다. 작자의 인생 나이테를 들여다보면서 내 인생 나이테도 떠올려보게 된다. 수필을 통한 인생의 교감이 아닐 수 없다. 강연홍 수필가의 수필집은 그가 짜놓은 인생 나이테이다.

나무는 봄에 늦서리를 맞거나 가뭄이 들고, 곤충이 잎을 먹어버리면 부름켜가 변형되고 나이테가 없거나 비정상으로 생긴 즉, 위연륜(僞年輪)이 생긴다고 한다. 나도 논문을 쓰면서 손가락에 마비가 올만큼 힘들었으니 가짜 나이테가 섞인 그림이겠다.

　내 생애의 나이테를 그려놓고 보니 번지르르 한 겉과는 달리 속은 그
렇지가 않다. 그림으로 말하면 회색이며 힘에 부친 일들이 모여 속을
태우고 태워 재로 만들다 보니 흐릿하다. 이럴 바에는 차라리 속이 비고
나이테가 없는 대나무가 되면 좋을 뻔했다.

－「나이테」의 일부

　「나이테」는 저자가 10대부터 10년 단위로 인생을 회고, 성찰하
면서 자신의 삶을 살피고 있다. 성찰과 반성이 없는 삶은 발전과
성장이 있을 수 없다. 삶에 대한 스스로의 검증이 있어야만 새로
운 길을 갈 수 있다. 강연홍 수필가의 처녀수필집엔 인생적인 경
지와 무게가 있다. 가정, 가족, 사랑을 위해 부르는 합창이 있다.
삶의 성실, 근면, 노력을 통한 헌신이 있다. 인생이란 목리문(木理
紋)의 아름다움이 수놓아져 있다. 사랑, 평화를 위한 합창의 화음
이 울려나온다.

Enlightenment from Everyday Life

-On the collection of essays by Rhyeon-Hong Kang-

By Mok-il Jung

Vice president of The Korean Writers' Association
President of Korea Essayist Association

1.

When I read works of Rhyeon-Hong Kang, I feel at ease and peaceful. I could hear the sound of whistle from life, which comes from the lucid mind like autumn sky.

Mind could easily be blocked by dark clouds, or tainted with worries. At times, wrath and sorrow strike as thunder. Having to maintain 'clarity of mind' is a bless that is not for everyone. To preserve the state of mind, you need to wash away the dirt of 'greed' or 'ego', the stain of 'anger', and the dust of 'absurdity'. Restless polishing of mind is required.

When mind whistles, it is an expression of clarity and peaceful smile. It shows an intention to converse with others in a joyful manner. I hear cheerful harmony when I read her essays. It is not a solo piece, rather a serene and tranquil chorus.

She had a yearning to be a vocalist from childhood and could not imagine her life without music. To resolve troublesome and painful blows in life, or to ease the darkness in mind, she had music by her side. When joyful and gratifying occasions occurred, she smiled with music. Music was the guidance that opened her heart and led her life.

Kang conditions emotions and communicates with the world through 'tunes of heart'. Each of us have our own ways to collect our minds. She gains her strength and refinement through music, which is a blessing.

"Music is a part of my life. It's a light. That is the reason why my essays cannot be detached from music." Her debut essay, "Chorus" is based on advantages and disadvantages of her forty years of singing in chorus. Her writings enclose sincerity by making rooms for others in harmony. She found the beauty of chorus in everyday life, and embodied it in her work.

I live with music while washing dishes or doing laundry, when I am down or happy. My husband once woke me up from sleep for I hummed. Music is an essential part of my life and I hope to write about the experiences. I do not pass a record store when music finds me. I was a member of an ensemble from a broadcast station since I was eight years old until I got married. The experience continued to church choirs.

(An excerpt from "Stagefright")

Kang mentioned, "Music is a part of my life. It's a light" For her, life without music would be unbearable. Her works are the art of language, harmonized by life and music. Her essays are the architectural outcome of life as lines of longitude and music as lines of latitude.

Kang expresses her emotions of joy and delight through music. Furthermore, she seeks to shed the pain when in affliction and offers a hand to others. Her writing is harmony of music. She is not a solist who receives standing ovations, but a chorus member who does one's best to harmonize.

Kang's chorus of life derives from 'home'. She does her best to be the supporter of her husband and children. She does her best to her family, as a member of a choir does one's best to harmonize with other singers.

An essay is a sincere monologue and confession that reflects writers own self. Kang's experiences take place in her home and church. Naturally, her writing materials and themes are devoted to home, family, love, harmony, and religion. It is the music in her heart that inspires and develops the subject matter to theme. The naturally fluent writing style of Kang's works is the reminiscent of the tunes that echo in her heart.

Kang has led a life of a good woman who diligently devotes herself to family. A classical female figure, such as Sin Saimdang, might not be becoming to modern days. Time has changed that people no longer supports the idea of male dominance. People rather respects the idea of individuality and professionalism that could contribute to the prosperity of society. Kang seemed to expand herself from a traditional female figure to a modern day female figure by pursuing the higher education and noblesse oblige.

Kang makes time to write and devotes herself to writing as a perfectionist. Her writings go through numerous revisions and verifications, which shows Kang's character.

2.

This book is the first collection of essays by Rhyeon-Hong Kang, since her debut seventeen years ago. In the era of heydays of essays, a number of essayist debuted. 'ist' is an suffix denoting a profession. As an essayist, Kang has constructed unique body of work.

Unlike fiction writings, such as poems or novels, essays refer to nonfiction writings that deal with findings and meanings of life, based on author's experiences. Essays are written in the first person, and the heroine is the author. It is a kind of literature that embodies author's life and existence.

The process of writing an essay is meeting one's own self. An essayist observes his or her self, transcending the time and space. It is the process of present self examining the past self. The meditating self watches the active self.

French poet, Arthur Rimbaud(1854-1891) was referred to as 'the watcher', meaning 'the observer'. As an observer, author examines nature, human, and phenomena of society. The writer observes to document. The documents reflect authors' views on life, which is the lasting device.

An watcher need to stay awake in the midst of darkness to document. 'watch', 'observe', and 'document' are not easy tasks. Watching should not be a mere act. One must search what is invisible by the act of watching. One must seek what is not said by the act of hearing. One must see or predict future by watching the natural phenomena. To express what is to be seen is common for everybody. To read between the lines is an extraordinary task that is not for anyone.

One must transcend life to see what lies between the lines. The eyes and ears of the mind should be sensitive enough to do so. The solitude and cultivating one's mind shall preserve the sensibility.

Essay would be a distinct genre of literature for the author's state of life is a direct force behind the quality of writing. In the case of poem and novel, the major elements are the author's imagination, creativity, forms and techniques. However, essays are based on the actual experiences of the author that reflect his or her ability to read and find what life offers. They are based on author's thoughts, philosophy, esthetics, religion and personality.

When you read a collection of essays, you look directly into author's life, which is not the case when reading poems or novels. Kang's essays tell her life. It is the reason why writing a foreword to a collection of essays is a difficult task. Even though literature is an art of language, the reflected reality and ideas of author's life should be dealt with respect.

Kang's writings shows that she has a positive outlook on life that fulfills her everyday life. Kang's life must be filled with passion, perseverance and affection. Such spirituality and it's practices should be the manifestation of maternal energy. She prioritizes the role and duty of wife, mother, and housewife. Her writings reflect the fierce practices of optimism that ranges from social participation, including educating her children, to literary career.

When you look into Kang's body of work, subject matter focuses on findings, meanings and insights of everyday life, based on he family life. Thematic development discloses positive energy that passionately drives from life.

3.

If I line up my family's shoes on a music paper, which note will they play and what kind of music would it make? As for my husband, his shoes shall be the 'high C'(high 'do') since he is a diligent man who has a strong character. My shoes shall be the 'middle C' at the moment, but I hope they move up to the 'high do' someday. I wish I were more assertive. My first daughter's shoes shall be 'sol' where a G clef begins. She is a kind soul to lead the siblings with responsibility. Since my second daughter is a negotiator with charm and wit, her shoes shall be 'fa'. My youngest son's shoes shall be 'mi', since they represent stability. I hope the sounds of my family's shoes be the sprit of music and love. Each different note ('do', 'mi', 'fa', 'sol', and 'do') creates beautiful music only when they are in harmony. I hope chords of euphony fulfil our family. I would not ask for more if the notes of my family on a music paper be a great symphony.

(An excerpt from "Music of my family")

"Music of my family" represents the collected work of Kang, which shows the certain choices of structure and subject matter on reflecting life. As a mother, the prosperity of her family seems to be the main focus in Kang life, which is the reoccurring theme in her works as well. In this particular work, the subject matter came to her when she was shining her husband's shoes. The incident extends to portraying each characters of family as notes on a music paper, hoping for harmony.

The method of portrayal would be an important measure for writer's unique individuality. In Kang's case, she shows excellence in depicting auditory images in relation to music. The witty comparison between the family members' characteristics and music notes is exceptional. Her creativity is marked when reader senses that the force behind the harmonic music of family is Kang's motherly self.

Kang's thematic focus is 'happiness of family'. It is achieved when dynamic inter-communication between members of family and society harmonize as in music. Kang seems to take comfort in music. Music is what inspires her writing, as well as strengthens her mind. Her writings demonstrate the positive energy that music brings, which refines and vitalize life.

After a long absence due to illness, I rejoined chorus

a few years ago. It was not until then that I could hear harmonious voices of others. I could enjoy singing without yearnings of being a solist during chorus performances. I realized that I was not made to exist on my own. I was a part of my parents, my husband, my children, my siblings, and my friends. It is said that a chorus piece is a mimesis of natural sounds. I hope to be more in tuned with nature by singing chorus.

(An excerpt from "Chorus")

"Chorus" shows maturity of life. When it comes to writing essays, author's maturity is often identified with mature writing. For essay is the work of art that reveals author's reality, which is in turn a confession or a monologue, the author's maturity of life determines the writing. Let alone mentioning that the fluent use of literary techniques is the prerequisite for mature writing.

Kang writes, "It is said that a chorus piece is a mimesis of natural sounds. I hoped to be more in tuned with nature by singing chorus." Here, we witness the author's maturity to be in tuned with nature.

Each member of a chorus should do their best to

create harmonious music. They are more than a flaunting lark or cuckoo. They are parts of mountain or wood that embody compatible and peaceful coexistence. Chorus is possible when relation of symbiosis is recognized. Each individuals need to make their ways to initiate public interest within the system, to acquire the common good.

4.

When reading the collected work of an author, we see the author's trajectory of life, as in annual rings of trees show. We follow the author's path of life and stop to think back on ourselves. Through a literary work, we are in communion with life. This book is the annual rings of Kang's life.

When I look at the self—portrait according to my annual rings, I realized that I have less substance than appearance. There were several incidents that were too hard to bear, and I felt as if flames reduced my heart into ashes. The portrait appears as gray as the ashes. For that reason, I would rather be a bamboo, empty inside without rings or suffering.

(An excerpt from "Annual ring")

In "Annual ring", the author looks back and examines her life with reflexivity, every decades from her teen years. Life without self-examination does not progress, and revision leads to a new path. This book shows Kang's maturity and depth as a person. She writes a harmonious chorus for home, family, and love. Her dedication and endeavors of life are in display. Her writings are the beautiful imprints of life, as the grains of wood mark the times. They sing euphoric chorus of love and peace.